跟着名师学国学

唐 诗

孙立权 主编

吉林出版集团股份有限公司
全国百佳图书出版单位

图书在版编目（CIP）数据

唐诗 / 孙立权主编 . -- 长春：吉林出版集团股份有限公司，2015.12（2023.3 重印）
（跟着名师学国学）
ISBN 978-7-5534-9577-4

Ⅰ . ①唐… Ⅱ . ①孙… Ⅲ . ①唐诗 – 青少年读物 Ⅳ . ① I222.742

中国版本图书馆 CIP 数据核字（2015）第 288820 号

TANGSHI

唐 诗

主　　编	孙立权
责任编辑	邢　扬　杨　鲁

出　　版	吉林出版集团股份有限公司
发　　行	吉林出版集团社科图书有限公司
地　　址	吉林省长春市南关区福祉大路 5788 号　邮编：130118
印　　刷	三河市南阳印刷有限公司
电　　话	0431-81629711（总编办）
抖 音 号	吉林出版集团社科图书有限公司　37009026326

开　　本	920mm×650mm 1/16
印　　张	10
字　　数	120 千
版　　次	2016 年 1 月第 1 版
印　　次	2023 年 3 月第 3 次印刷

书　　号	ISBN 978-7-5534-9577-4
定　　价	29.80 元

如有印装质量问题，请与市场营销中心联系调换。0431-81629729

前　言

中华文明以其强大的凝聚力和隽永的魅力,历经沧桑却完整地传承下来。中华民族的传统文化博大精深、源远流长,中华民族传统文化以其珍贵的品质、超人的智慧、独特的魅力,塑造着华夏子孙的灵魂。

从古至今,无论是帝王将相还是文人墨客,他们都是从小熟读中华经典,长大之后才能善用中华经典,治国安邦,正如宋代名相赵普标榜过的"半部论语治天下"。

古往今来,无数中华儿女从经典国学中汲取智慧,陶冶情操,提高修养。教育专家曾有过统计,凡是参加过国学教育的青少年,无论是在智力提升、知识积累,还是在品行修养、才艺开发等方面,都大大强于未经过国学教育的同龄人。在当今各国文化繁荣的时代,作为家长更应重视培育孩子文化知识与民族情操,从纷繁芜杂的文化作品中慎重选取最好的、最纯粹的、最精华的图书给孩子。而国学,中华五千年文化精髓,是广大青少年成才的必备,是给予孩子最有爱心、最值得期待且最有价值的丰厚礼品。

本套丛书汇集国学文化中的经典著作,凝聚了中华五千年传统文化精髓,体现了中华民族博大精深的文化瑰宝。本套丛书行文流畅,辞藻华丽,前后连贯,朗朗上口;内容丰富,包含天文地理、人文历史、治国修身、道德伦理等丰富知识,是青少年学习和领悟中华传统文化的最佳读本。

以弘扬中华传统文化精髓为宗旨,经过精心甄选与编撰形成这套《跟着名师学国学》丛书,旨在继承发扬国学经典文化,使青少年读者在阅读过程中培养和提高自身的记忆能力、认知能力、表达能力、逻辑思维能力、社会交往能力、认识自我能力和创造能力,将传统文化的种子撒播在青少年读者的心中,为成就其未来的辉煌人生打下坚实的文化基础。

目 录

蝉 …………………………………………………… 虞世南 / 001
风 …………………………………………………… 李 峤 / 002
野 望 ……………………………………………… 王 绩 / 003
从军行 …………………………………………… 杨 炯 / 005
秋夜喜遇王处士 ………………………………… 王 绩 / 007
送 兄 ……………………………………………… 七岁女 / 008
易水送别 ………………………………………… 骆宾王 / 009
感遇(其二) ……………………………………… 陈子昂 / 011
咏 蝉 ……………………………………………… 骆宾王 / 012
登幽州台歌 ……………………………………… 陈子昂 / 014
咏 柳 ……………………………………………… 贺知章 / 015
送杜少府之任蜀州 ……………………………… 王 勃 / 016
蜀相 ………………………………………………… 杜 甫 / 018
回乡偶书(其一) ………………………………… 贺知章 / 020
回乡偶书(其二) ………………………………… 贺知章 / 021
蜀道后期 ………………………………………… 张 说 / 022
秋夜曲 …………………………………………… 王 维 / 024
闺 怨 ……………………………………………… 沈如筠 / 025
山居秋暝 ………………………………………… 王 维 / 026
边 词 ……………………………………………… 张敬忠 / 028
送 别 ……………………………………………… 王 维 / 029
望月怀远 ………………………………………… 张九龄 / 031
山房春事二首(其二) …………………………… 岑 参 / 033

山　中	王　维 / 034
凉州词	王之涣 / 035
闻王昌龄左迁龙标遥有此寄	李　白 / 037
登鹳雀楼	王之涣 / 039
春夜洛城闻笛	李　白 / 040
春　晓	孟浩然 / 041
越女词五首（其三）	李　白 / 043
画　松	景　云 / 044
过故人庄	孟浩然 / 045
子夜吴歌	李　白 / 046
送朱大入秦	孟浩然 / 048
赋新月	缪氏子 / 049
宿建德江	孟浩然 / 050
观放白鹰二首（其一）	李　白 / 051
独坐敬亭山	李　白 / 053
望洞庭湖赠张丞相	孟浩然 / 054
枫桥夜泊	张　继 / 056
渡浙江问舟中人	孟浩然 / 057
送友人	李　白 / 058
清平调（其一）	李　白 / 060
牧　童	高　驾 / 061
夏日南亭怀辛大	孟浩然 / 062
柏林寺南望	郎士元 / 064
与诸子登岘首	孟浩然 / 065
黄鹤楼	崔　颢 / 067
采莲曲	刘方平 / 069
长干曲（其一）	崔　颢 / 070
长干曲（其二）	崔　颢 / 071
从军行（其四）	王昌龄 / 072
从军行（其五）	王昌龄 / 074
塞下曲	王昌龄 / 075

桃花溪	张　旭	/077
出　塞	王昌龄	/078
终南望余雪	祖　咏	/080
江南曲	李　益	/081
闺　怨	王昌龄	/082
塞上听吹笛	高　适	/083
长信怨	王昌龄	/085
营州歌	高　适	/086
寒　食	韩　翃	/087
寒食寄京师诸弟	韦应物	/089
芙蓉楼送辛渐	王昌龄	/090
别董大	高　适	/091
送柴侍御	王昌龄	/092
早　梅	张　谓	/093
相　思	王　维	/094
逢雪宿芙蓉山主人	刘长卿	/096
望　岳	杜　甫	/097
鸟鸣涧	王　维	/099
春　望	杜　甫	/100
春夜喜雨	杜　甫	/102
送元二使安西	王　维	/104
月　夜	杜　甫	/105
九月九日忆山东兄弟	王　维	/106
少年行(其一)	王　维	/108
月夜忆舍弟	杜　甫	/109
少年行(其二)	王　维	/111
绝句二首(其一)	杜　甫	/112
田园乐	王　维	/113
水槛遣心二首(其一)	杜　甫	/114
竹里馆	王　维	/116
喜见外弟又言别	李　益	/117

诗题	作者 / 页码
夜上受降城闻笛	李　益 / 119
春行即兴	李　华 / 121
观　猎	王　维 / 122
贼平后送人北归	司空曙 / 123
塞下曲	王　涯 / 125
渡汉江	宋之问 / 126
华子冈	裴　迪 / 127
望庐山瀑布	李　白 / 129
送崔九	裴　迪 / 130
逢入京使	岑　参 / 131
静夜思	李　白 / 132
碛中作	岑　参 / 134
赠汪伦	李　白 / 135
行军九日思长安故园	岑　参 / 136
送孟浩然之广陵	李　白 / 137
武威送刘判官赴碛西行军	岑　参 / 139
望天门山	李　白 / 140
戏问花门酒家翁	岑　参 / 141
登金陵凤凰台	李　白 / 142
早发白帝城	李　白 / 144
淮上喜会梁州故人	韦应物 / 145
秋浦歌	李　白 / 147
寄全椒山中道士	韦应物 / 148
塞下曲(其一)	卢　纶 / 150
塞下曲(其二)	卢　纶 / 151

唐诗

蝉

虞世南

原 文

垂緌①饮清露，
流响出疏②桐。
居高声自远，
非是藉③秋风。

注 释

①緌：本指帽带，这里指蝉头部的触须。②疏：稀，不稠密。
③藉：凭借。

译 文

蝉低垂着头正在饮用清纯的露水，清脆的响声从稀疏的梧桐树上向周围传开。那是因为它在高高的树枝上，响声才能传得很远很远，可不是凭借着秋风的力量吹过来的哟。

赏　析

　　这首咏蝉诗，前两句写蝉："垂緌"写蝉姿，"清露"写蝉洁，"流响"写声远闻，"疏桐"言其高。

　　后两句借蝉抒情，说蝉声所以远传，并不是依靠秋风为助，而是它位居高处的缘故，从而讴歌蝉的高洁和不沾染世俗污浊的品德，也可用来说明立身高洁的人，不凭借什么势力，名声自能远闻。

风

李峤 lǐ qiáo

原　文

jiě luò sān qiū yè
解 落 三 秋①叶，

néng kāi èr yuè huā
能 开 二 月②花。

guò jiāng qiān chǐ làng
过 江 千 尺 浪，

rù zhú wàn gān xiá
入 竹 万 竿 斜。

注 释

①三秋：泛指秋天。 ②二月：农历二月，代指春天。

译 文

秋风吹落了树叶，春风吹开了百花。江风卷起千尺浪涛，狂风刮得万竿翠竹歪歪斜斜。

赏 析

这首五言诗别开蹊径，用简洁的笔触写出了各种不同季节，不同地点的风迥然不同的特点。其中"落"与"开"二字格外生动，使春秋二季不同的风如在眼前。

野望（yě wàng）

王绩（wáng jì）

原 文

东皋薄暮望（dōng gāo bó mù wàng），
徙①倚欲何依（xǐ yǐ yù hé yī）。
树树皆秋色（shù shù jiē qiū sè），

shān shān wéi luò huī
山山唯落晖。
mù rén qū dú fǎn
牧人驱犊返,
liè mǎ dài qín guī
猎马带禽归。
xiāng gù wú xiāng shí
相顾无相识,
cháng gē huái cǎi wēi
长歌怀采薇②。

注释

①徙：徘徊。②怀采薇：怀念古代采薇而食的隐士伯夷和叔齐。

译文

东边的山峦暮色苍苍，四处徘徊心中更觉彷徨。树林罩上了秋色，山间落满了夕阳的霞光。牧人赶着牛群回家，猎人满载收获下山。孤独中无人相识，只好把古贤怀念思唱。

赏析

一首《野望》，表明了诗人孤寂无依，看到牧人和猎人晚归的景象，而自己孤独无助，更加怀念古代贤人隐士及他们的生活。

知识

古代隐士

　　完全归隐：归于此类的隐士是真正意义上的归隐，他们与为仕而隐完全没有干系，即使有时机、有环境、有条件，甚至朝廷派人来多次延请，他们也拒不出仕，如南朝宋的宗炳、元代的吴镇等。

　　仕而后隐：这种类型的隐士在中国古代很多，当过官，因为对官场不满而解冠归去。这其中，名气最大的是陶渊明，其隐逸的名气甚至超过其诗名。但陈传席认为在陶渊明归隐之后就变成完全归隐了。

　　真隐而仕：这类隐士在隐居时基本上都是完全归隐，但当时机来临时就出山，没有时机就居隐下去。如殷商时伊尹、元末的刘基，名气最大的是诸葛亮。

从军行

杨炯

原文

烽火照西京①，

xīn zhōng zì bù píng
心　中　自　不　平　。
yá zhāng cí fèng què
牙　璋　辞　凤　阙②，
tiě jì rào lóng chéng
铁　骑　绕　龙　城　。
xuě àn diāo qí huà
雪　暗　凋③　旗　画，
fēng duō zá gǔ shēng
风　多　杂　鼓　声　。
nìng wéi bǎi fū zhǎng
宁　为　百　夫　长④，
shèng zuò yì shū shēng
胜　做　一　书　生　。

注释

①西京:长安。②牙璋:古代发兵所用的兵符。凤阙:皇宫。③凋:褪色。④百夫长:代指下级军官。

译文

战争的烟火笼罩着京城,我的心中难以平静。宫中传出军令,将军率领骑兵包围了敌城。纷飞的大雪使战旗失色,呼啸的狂风夹杂着战鼓的轰鸣。我宁愿做一个下级军官为国出征,也强似做一个小小的书生。

赏析

《从军行》中一、二句再现了当时边关紧急,三、四、五、六句主要写了千军万马整装待发的景象,七、八句表达了诗人积极参军的勇跃情绪。整诗强调了诗人保卫国家的决心。

秋夜喜遇王处士

王绩

原文

北场芸藿①罢,
东皋刈黍②归。
相逢秋月满,
更值夜萤飞。

注释

①芸藿:芸,通"耘"。芸藿,就是锄豆。②刈黍:收割黍子。黍即

黄米。

译 文

　　你锄完豆地从北边回家,我割完黍子从东边归来。在这秋夜,我们不期而遇。一轮明月高挂天空,萤火虫闪着点点的光亮,飞来飞去。

赏 析

　　这首诗表达了诗人与王处士劳动后在萤虫飞舞的月夜里相遇的情景,语意简练、明了。

送兄
七岁女

原 文

别路云初起,

离亭①叶正飞。

所嗟②人异雁,

不作一行归。

注释

①离亭:指大路送别处的草亭。②嗟:叹息。

译文

送别路上,天边风起云涌;草亭边,树叶凋零。可叹的是,我们兄妹俩不能像空中的大雁那样,排成行飞向远方。

赏析

这首诗表达了妹送兄"云起""叶飞"万千愁绪的心情和不能像大雁一样随兄同行的遗憾情绪。

易水送别

骆宾王

原文

此地别燕丹①,

壮士发冲冠②。

昔时人已没③,

jīn rì shuǐ yóu hán
今 日 水 犹 寒 。

注 释

①燕丹：燕国的太子，名丹，也称太子丹。②冠：帽子。③没：通"殁"，死。

译 文

荆轲当年在这里辞别燕国太子丹，到秦国去刺杀秦王，临行之际，壮士慷慨激昂，怒发冲冠。如今，古代的壮士早已不在人世，而易河水还是像当年一样冰冷。

赏 析

简短的二十个字，诗人回忆了当年燕国太子丹送别荆轲的壮烈场面和现今水犹寒而人不在的思念之情。

知 识

易水

易水也称易河，河流名，位于河北省易县境内，分南易水、中易水、北易水。燕国太子丹在这里送别荆轲去刺秦王，高渐离击筑，荆轲合着音乐高歌："风萧萧兮易水寒，壮士一去兮不复还！"易水从此名扬天下。

感遇(其二)

陈子昂

原文

兰若生春夏，
芊蔚何青青①。
幽独空林色，
朱蕤冒②紫茎。
迟迟白日晚，
袅袅秋风生。
岁华尽摇落，
芳意竟何成！

注释

①芊蔚、青青：都是指茂盛的样子。②朱蕤：红花。冒：覆盖。

译文

在春夏季节，草长得正茂盛，兰若花也静静地开放了。红红的花簇纷纷披落在紫色的茎上，那幽雅孤高的芳姿使其他花草全都黯然失色。日子渐渐地过去，临近傍晚阵阵秋风袭来。每年秋季时，所有的花草全都黯然凋谢飘摇零落了，兰若的芳香又怎能长久地保持呢？

赏析

这首诗通过兰花的初放到秋天的凋落，叙述了花开花落的自然现象，进而提示了生命规律演变的自然法则。

咏蝉

骆宾王

原文

西陆①蝉声唱，
南冠②客思深。

不堪玄鬓③影，
来对白头吟。
露重飞难进，
风多响易沉。
无人信高洁，
谁为表予心？

注释

①西陆：指秋天。②南冠：指囚徒。③玄鬓：指蝉。

译文

秋天里蝉叫个不停，吵得狱中囚犯更加忧愁。这恼人的蝉声太讨厌了，为何嘲笑我这白发老人？浓重的露水使你难飞，即使借着风你的叫声也低沉。没有人相信我品德高洁，更无法表达我一颗纯洁的心。

赏析

诗人通过蝉鸣难解的愁绪，抒发了国难重重、怀才不遇的人生境地及锒铛入狱的悲苦心情。

知识

古诗中的蝉

蝉是古代诗歌中常见的意象。

古人认为蝉居住枝头,食干净的露水,不食人间烟火,因此常用蝉来比喻人品,是高洁的象征。所以诗人常借蝉自喻己身的高洁。又因为蝉的叫声凄惨,诗人常常借其来表现凄楚哀婉的感情,或寄托家国覆亡之恨,或表达诗人哀痛之情。

登幽州台①歌

陈子昂

原文

前不见古人,
后不见来者。
念天地之悠悠②,
独怆然而涕③下。

注释

①幽州台：燕台，又称蓟北楼。史传是燕昭王为招才纳贤而筑的黄金台，故址在今北京市大兴县。②悠悠：无穷无尽。③怆然：悲伤的样子。涕：眼泪。

译文

古代的贤主已不可见，后来的圣君也不见到来。思忖茫茫宇宙，苍茫大地，我真是生不逢时，于是悲从心生，泪下如雨。

赏析

这首诗描写诗人站在古圣遗址前，不见先圣、不见后贤、生不逢时的悲泣之情。

yǒng liǔ
咏 柳

hè zhī zhāng
贺知章

原文

bì yù zhuāng chéng yí shù gāo
碧玉① 妆 成 一 树 高 ，

wàn tiáo chuí xià lǜ sī tāo
万 条 垂 下 绿 丝 绦② 。

bù zhī xì yè shuí cái chū
不 知 细 叶 谁 裁 出 ，

èr yuè chūn fēng sì jiǎn dāo
二月春风似剪刀。

注释

①碧玉：形容柳叶的颜色如青绿色的玉石。②丝绦：用丝编织成的带子。

译文

柳树那翠绿的嫩叶在春天的阳光下闪耀着玉石般的光泽，树上垂下千万条像丝带般低垂的柳条。不知是谁的巧手裁剪出这纤细的叶子？是那似剪刀般的二月春风把这尤物铸造。

赏析

这首诗运用了比喻、设问等修辞手法，将柳树的光泽和形状、形态形象生动地表现了出来。

sòng dù shào fǔ zhī rèn shǔ zhōu
送杜少府①之任蜀州

wáng bó
王勃

原文

chéng què fǔ sān qín
城阙辅三秦②，

风烟望五津③。
与君离别意,
同是宦游④人。
海内存知己,
天涯若比邻。
无为在歧路⑤,
儿女共沾巾。

注　释

①少府:县尉。②城阙:这里指都城长安。三秦:泛指长安附近的关中之地,今属陕西省境内。③五津:这里指岷江的五大渡口。④宦游:离家在外做官。⑤歧路:岔路。

译　文

三秦之地护卫着长安,透过薄薄的烟雾遥望蜀地。与你分别时有许多感想,因为我们都是离家做官的人。四海之内只要存有知心朋友,即使远在天边也同近邻一样,所以我们不需在岔路分手之时,仿效那青年男女洒泪惜别。

赏析

送友赴蜀，挚友新别，不免微露伤感，"海内存知己，天涯若比邻"十字慷慨发挥，化惜别为奋励，改无奈作有为，意气高华，自诗成即成千古名句，此诗一改送别诗悲酸之态，意境开阔，独标高格。

知识

朋友的称谓

情谊契合、亲如兄弟的朋友叫"金兰之交"；
同生死、共患难的朋友叫"刎颈之交"；
遇到磨难时结成的朋友叫"患难之交"；
情投意合、友谊深厚的朋友叫"莫逆之交"；
从小一块儿长大的异性好朋友叫"竹马之交"；
不因贵贱的变化而改变深厚友情的朋友叫"车笠交"。

蜀 相①
shǔ xiàng

杜甫
dù fǔ

原文

丞 相 祠 堂 何 处 寻，
chéng xiàng cí táng hé chù xún

锦 官 城 外 柏 森 森。
jǐn guān chéng wài bǎi sēn sēn

映阶碧草自春色,
隔叶黄鹂空好音。
三顾频烦天下计,
两朝开济老臣心。
出师未捷身先死,
长使英雄泪满襟。

注 释

①蜀相:即蜀国丞相诸葛亮。

译 文

　　到哪里去找诸葛亮的祠堂呢?就在那锦官城郁郁葱葱的一片翠柏林里。庭阶上碧草萋萋,柏枝上黄鹂呖呖,令人顿生寂寞荒凉之感。当初刘备三顾茅庐,知人善任;诸葛老臣为两朝国事鞠躬尽瘁,死而后已。壮志未酬身先死,千百年来,多少仁人志士为此仰首长叹、泪洒衣襟啊!

赏 析

　　诗人落笔沉挚,力透纸背,写得悲凉苍劲,催人泪下,语言凝炼而内涵丰富。

回乡偶书(其一)

贺知章

原文

少小离家老大回,
乡音无改鬓毛衰①。
儿童相见不相识,
笑问客从何处来。

注释

①衰:疏落。

译文

年少时远离家乡而去,到了老年才回到故乡。我的口音虽然没有改变,但头发已经斑白稀疏。与村中的孩子见面,他们都不认识我,嬉笑着问我是从什么地方而来。

唐　诗

赏　析

　　诗人从少年时就离乡求学、供职，终于告老还乡。虽然家乡话没改，但人已老了，村中的孩子都不认识，还问他是什么地方的人。

回乡偶书（其二）

贺知章

原　文

离别家乡岁月多，
近来人事半消磨①。
惟有门前镜湖水，
春风不改旧时波。

注　释

①消磨：消失。

译 文

离别家乡已有数十年了,近来回家后才得知,原先相知相熟的人大半都已去世了。只有自家门前的镜湖水,在春风的吹拂下,依旧像过去那样清波荡漾。

赏 析

诗人《回乡偶书其一》讲的是久别归来的生疏,而《回乡偶书其二》则讲的是对诗人归来之前已去世的故交挚友的怀念。只有镜湖水的波纹与旧时一样,给诗人带来一点儿自慰。

蜀道后期

张说

原 文

客心争日月①,
来往预期程。
秋风不相待,
先至洛阳城。

注 释

①客心：出差旅客的心，指诗人自己。日月：指时间。

译 文

我在与时间进行一场争夺战，预计秋天之前办完公差可以返回洛阳。不料事情突变，无情的秋风不肯等我，先回洛阳城去了。

赏 析

这首诗主要写了诗人离家在外的复杂心情，争分夺秒地按照预定好的行程奔走不停，很快就回到了洛阳城。

知 识

蜀道

蜀道，是古代由长安通往蜀地的道路。蜀道因穿越秦岭和巴山，道路难以行走，因此蜀道常成为难以行走的代名词。唐代诗人李白曾作《蜀道难》一诗，具言蜀道的艰难。古蜀道历史悠久，已有3000多年历史，是保存至今人类最早的大型交通遗存之一，比古罗马大道的历史更为悠久。有专家指出：古蜀道不仅是中国的唯一，也是世界的唯一。

蜀道本身在历史上对我国经济的发展、民族的团结、文化的交流和政权的巩固都曾起过重大的作用，而蜀道沿线的历史文物更是国之瑰宝。

秋夜曲

王维

原文

桂魄①初生秋露微，
轻罗已薄未更衣②。
银筝夜久殷勤③弄，
心怯空房不忍归。

注释

①桂魄：月亮的别称。传说月亮里有桂树，因而有此别称。②罗：古代的一种丝织品。更衣：换衣。③银筝：一种古乐器。殷勤：浓厚恳切的情意。

译文

皎洁的月亮刚刚升起在夜空，初秋的夜露已经微微带有寒意，身上的轻纱罗衣已经显得有些单薄了，可是她依然没有及时换上衣服。

夜色已深,她怀着一片深情厚谊,还在月光下演奏着动听的银筝曲,那是因为她忧虑空房无人,不忍独自回去。

赏析

《秋夜曲》描写诗中女主人公在秋天的夜晚望丈夫归来的情景。前两句写秋天已到,过去的秋天多是外乡人归乡的日子;后两句写的是女主人公久久弹乐不忍进空房的心情。

闺①怨

沈如筠

原文

雁尽书难寄,

愁多梦不成。

愿随孤月影,

流照伏波营②。

注释

①闺:闺房,妇女居住的卧室。②伏波:指东汉伏波将军马援。伏波

营,代指守卫祖国边疆的军营。

译 文

南下越冬的大雁都飞走了,倾诉深情的书信难以传寄,忧愁一多,就连思念的梦也做不成。我愿追随着月影,将月光洒泻到边疆军营中丈夫的身上。

赏 析

《闺怨》主要描写了闺中女月夜思念远方从军丈夫的悲苦心绪。前两句的"书难寄"和"梦不成",写了闺中女的相思之情都难以表达;接着两句"愿随"和"流照"表达了寄托相思的方法。

山居秋暝①

王维

原 文

空山新雨后,

天气晚来秋。

明月松间照,

唐　诗

qīng quán shí shàng liú
清 泉 石 上 流。
zhú xuān guī huàn nǚ
竹 喧 归 浣 女②，
lián dòng xià yú zhōu
莲 动 下 渔 舟。
suí yì chūn fāng xiē
随 意 春 芳 歇③，
wáng sūn zì kě liú
王④孙 自 可 留。

注释

①暝：晚。②浣女：洗衣女子。浣，洗濯。③随意：任凭。歇：凋零。④王孙：古代贵族子弟的通称。

译文

秋日的黄昏，空旷的山岗上刚下过一场雨。皎洁的月光照在松林间，清澈的山泉流淌在山石上。竹林里传出一片喧哗声，那是姑娘们洗完衣服嬉闹着回家去；水塘里莲叶翻动，顺流而下的渔船满载而归。春天的芬芳早已消失，我甘愿归隐在这世外桃源般的山居。

赏析

这首诗描写夏末秋初的景色，意思是：空荡的山先是刚下过一场雨，到了晚上的时候，就感觉到有秋天的气候了。诗人对于自然的热爱,让他能够捕捉到自然界发生的细微变化。

边词

张敬忠

原文

五原春色旧来①迟,
二月垂杨未挂丝②。
即今河畔冰开日,
正是长安花落时。

注释

①五原:今内蒙古自治区五原县。旧来:自古以来。②挂丝:指杨柳长出如丝般的细枝。

译文

五原城的春天自古以来总是姗姗来迟,已到农历二月,低垂的杨柳枝条还没有长出像丝般的嫩条。现在黄河岸边的冰层刚开始融化,而遥远的长安却已是满地落花的时节了。

赏 析

这是一首边塞诗,诗人写了塞外边城五原城与长安城的气候比较,塞外春景农历二月迟不见绿,到了河解冻的时候,长安城的花都落了。

知 识

边塞诗

边塞诗是以边疆地区汉族军民生活和自然风光为题材的诗。一般认为,边塞诗初步发展于汉魏六朝时代,隋代开始兴盛,唐代即进入发展的黄金时代。边塞诗是唐诗当中思想性最深刻、想象力最丰富、艺术性最强的一部分:一些有切身边塞生活经历和军旅生活体验的诗人,以亲历的见闻来写作;另一些诗人用乐府旧题来进行翻新的创作。

sòng bié
送 别

wáng wéi
王 维

原 文

xià mǎ yǐn jūn jiǔ
下 马 饮 君 酒①,

问君何所之^②？
君言不得意，
归卧南山陲^③。
但去莫复问，
白云无尽时。

注 释

①饮君酒：请君饮酒。饮，使动用法。②何所之：往何处去？③陲：边。

译 文

请下马来喝杯送行的酒，问一声朋友："你将去哪儿？"朋友长叹一声：生平很不得意，要回去高卧在南山里。此去请莫再问我的消息，我像白云一样飘浮没有尽期。

赏 析

这是一首悲哀的送别诗。诗人通过主人公生不逢时、怀才不遇、退隐山林的做法抒发了自己当时的意境，表达了对当时社会不满的情绪。

望月怀远

张九龄

原文

海上升明月,
天涯①共此时。
情人怨②遥夜,
竟夕起相思。
灭烛怜光满,
披衣觉露滋。
不堪盈③手赠,
还寝梦佳期。

注 释

①天涯:天边。②怨:恨。③盈:满。

译 文

皎洁的明月从海上升起,天边的亲人与我共度此时。多情的人怨恨这漫漫长夜,整夜的思念使我难以入眠。拂灭蜡烛去欣赏那可爱的圆月,秋露把我的衣服沾湿。既然我不能双手捧着满月送给亲人,那还是回去在梦中和亲人欢聚吧。

赏 析

这是一首哀婉的相思诗,诗中的女主人公在海边望月怀念远方的亲人,当大海上升起明月的时候,即使远隔天涯,也能在同一时间共赏此景。想见情人恨夜长,熄灭蜡烛赏月光,露水把衣湿,恨不能双手捧月送亲人,但现实中是不可能实现的,最后只能就寝希望梦中相见。这首诗表达了对远方亲人思念的浪漫情怀。

知 识

梁园

梁园,又名梁苑、兔园、睢园、修竹园,俗名竹园。西汉初年,汉文帝封其子梁孝王刘武于都城睢阳,建立梁国,在睢阳东南平台一带大兴土木,建造了规模宏大、富丽堂皇的梁园。之后,又在园内建造了许多亭台楼阁以及百灵山、落猿岩、栖龙岫、雁池、鹤洲、兔渚等景观,种植了松柏、梧桐、青竹等奇木佳树。建成后的梁园方圆三百多里,宫观相连,奇果佳树,错杂其间,珍禽异兽,出没其中,使这里成了景色秀丽的人间天堂。

山房春事二首（其二）

岑参

原文

梁园①日暮乱飞鸦，
极目萧条三两家。
庭树不知人去尽，
春来还发旧时花。

注释

①梁园：西汉景帝时梁孝王宫苑。这里指富贵人家。

译文

夕阳之下，梁园中有一群乌鸦呱呱乱叫，极目远望，一片萧条，只有两三户人家。庭园里的花草树木不知已经人去楼空，到了春天还依旧开出昔日似锦的繁花。

赏析

诗人写当时战乱导致社会混乱、人烟稀少。只有庭院的树，待到春天来临时依旧发芽成长。表达了诗人忧国忧民的悲愤心情。

山中

王维

原文

荆溪①白石出，

天寒红叶稀。

山路元②无雨，

空翠③湿人衣。

注释

①荆溪：水名，源头在陕西省蓝田县西南秦岭山中。②元：本来。③空翠：指空明苍翠的山色。

译文

　　荆溪水落下去,白石露出来了,天气寒冷,山中的红叶也十分稀少。山间的小路上本来没有下过雨,可是空明滴翠的山色简直要把行人的衣服都打湿了。

赏析

　　诗人王维善作山水诗。《山中》一诗是他游玩在秦岭山中时,写荆溪源头,冬天的红叶,后两句写的是山中的气候和山色,表达了诗人对大好河山的赞美。

凉州词①

王之涣

原文

huáng hé yuǎn shàng bái yún jiān
黄河远上白云间,
yí piàn gū chéng wàn rèn shān
一片孤城万仞②山。
qiāng dí hé xū yuàn yáng liǔ
羌笛何须怨杨柳③,
chūn fēng bú dù yù mén guān
春风不度玉门关④。

注 释

①凉州词：唐朝的一种曲子。凉州：今甘肃省武威市。②仞：古代长度单位。③羌笛：古代少数民族的一种乐器。杨柳：指笛曲《折杨柳》。④玉门关：位于今甘肃省敦煌市西北。

译 文

奔流的黄河，远远望去，好像和天上的白云相连，玉门关孤零零地矗立在崇山峻岭之间。不要用羌笛吹奏那哀怨的《折杨柳》曲来埋怨春光来迟，因为春风根本就吹不到玉门关一带。

赏 析

诗人后两句言边塞荒寒而无春风，借喻朝廷不关心戍卒，不予玉门守卒温暖（即春风）。

此诗虽写戍边者不得还乡的怨情，但写得悲壮苍凉，没有衰飒颓唐的情调，表现出盛唐诗人广阔的心胸。即使写悲切的怨情，也是悲中有壮，悲凉而慷慨。

"何须怨"三字不仅见其艺术手法的委婉蕴藉，也可看到当时边防将士在乡愁难禁时，也意识到卫国戍边责任的重大，方能如此自我宽解。

也许正因为《凉州词》情调悲而不失其壮，所以其能成为"唐音"的典型代表。

唐诗

闻王昌龄左迁龙标①遥有此寄

李白

原文

杨花落尽子规②啼，
闻道龙标过五溪③。
我寄愁心与明月，
随风直到夜郎西④。

注释

①左迁：贬官。龙标：地名，诗题指龙标尉，第二句中指王昌龄。②子规：杜鹃鸟，鸣声悲切。③五溪：指湖南与贵州接壤处的五条江河。④西：西南方向。

译 文

　　杨花飘零,杜鹃鸟悲鸣,我听说王昌龄贬官后所去的地方是那么遥远,路途艰险。我把一片担忧之心托付给明月,随风送到远在夜郎西边的龙标。

赏 析

　　诗人听到王昌龄被贬为龙标尉后而作。龙标,即湖南潜阳县,左迁是贬官,诗人对王昌龄被贬,深表同情,诗风淳正真挚,溢于言表,深切感人,足见诗人胸襟气魄之高大广远。

知 识

杜鹃的象征意义

　　杜鹃那"惯作悲啼"的鸣叫,能使许多愁肠百结的人心酸肠断。自唐代以后,杜鹃就被汉族称为"冤禽""悲鸟""怨鸟",无数文人墨客为其吟咏诉冤。天长日久,杜鹃被推上了"文化鸟"的宝座,定位为一种可怜、哀惋、纯洁、至诚、悲愁的象征。但是,在我国民间传说中,尤其在黄河流域、华北华中、东北西北,杜鹃的文化含义则不同,其叫声听似"布谷布谷",含有劝农、知时、勤劳等正面意义。还有"映山花红柳河荫,杜鹃知时劝农勤"的说法。

唐　诗

登鹳雀楼①

wáng zhī huàn

王之涣

原　文

白日②依山尽，
黄河入海流。
欲穷③千里目，
更上一层楼。

注　释

①鹳雀楼：故址在今山西省永济县西南，三层，可俯瞰黄河。②白日：太阳。③穷：穷尽，极远。

译　文

夕阳傍着远山渐渐隐去，黄河向着大海滔滔奔流。你若想看到更远处那无穷无尽的美丽景色，就去攀登更高的一层楼吧。

赏　析

鹳雀楼在山西省永济市。此诗的诗人胸襟广阔，绘景状观，写出了高屋建筑之势,二十字气象万千。

春夜洛城闻笛

李白

原文

谁家玉笛暗飞声①?
散入春风满洛城。
此夜曲中闻折柳②,
何人不起故园③情!

注释

①暗飞声:悄悄飘来声音。②折柳:即《折杨柳》,曲名。③故园:故乡。

译文

不知从谁家悄然飘来了吹笛声,笛声随着春风传遍了洛阳城。这样的夜晚,听到这一阵阵倾诉离别之情的《折杨柳》曲,谁能不勾起怀念故乡之情哟!

赏析

　　洛城即洛阳城,当时诗人于开元二十三年(735)客东都,闻笛声动乡情而作,感情朴实真挚。

chūn xiǎo
春 晓①

mèng hào rán
孟浩然

原文

chūn mián bù jué xiǎo
春　眠　不　觉　晓,
chù chù wén tí niǎo
处　处　闻　啼　鸟。
yè lái fēng yǔ shēng
夜　来　风　雨　声,
huā luò zhī duō shǎo
花　落　知　多　少?

注释

①晓:天亮。

译 文

春天的夜晚睡得真香甜,竟然不觉得天色已亮,窗外处处都可以听到鸟儿在和鸣歌唱。夜梦中听到屋外的风声雨声,真不知又有多少花朵被打落了呢。

赏 析

这首诗喜晴思春,而又怕春去花落,为花木担心,即为人生担忧,表现了诗人复杂的心情。全诗浅显易懂,意思却曲折复杂,将花喻人,有言外之意。

知 识

七宝莲花

莲花与佛教有着千丝万缕的联系。

佛教认为莲花从淤泥中长出,不被淤泥污染,又非常香洁,表喻佛、菩萨在生死烦恼中出生。又从生死烦恼中开脱,故有"莲花藏世界"之义。按佛教的解释,莲花是"报身佛所居之净土"。

可见莲花已成为佛教的象征,所以菩萨要垫以莲花为座。佛教中的莲花,包括了荷花和睡莲的不同种类,但只有大乘佛教的佛像座用荷花。

越女词五首(其三)

李白

原文

耶溪采莲女，
见客棹①歌回。
笑入荷花去，
佯②羞不出来。

注释

①棹歌：边摇船，边唱歌。②佯：假装。

译文

耶溪的采莲姑娘哟，一见到陌生的客人，就掉转船头，唱着歌，嬉笑着躲进荷花丛中去，装着害羞，再也不肯出来。

赏析

这首诗用简洁生动的语言，写出了一个江南采莲姑娘的活泼与可爱。用一个"入"字使姑娘的形象显得格外生动。

画松

景云

原文

画松一似真松树，
且待寻思记得无？
曾在天台山①上见，
石桥南畔第三株。

注释

①天台山：在今陕西省宝鸡市南。

译文

画松给观画者强烈的印象是如此逼真令人惊喜，又给人一种似曾相识的感觉。于是开始凝想沉思，终于品出它就是绮秀奇险的天台山石桥南的第三棵青松啊！

赏析

诗人赞美画家把松树画得逼真传神,逼真得让人一看就知道曾经在天台山上石桥南边见到的第三棵松树,是一首工笔细腻的叙述诗。

过①故人庄

孟浩然

原文

故人具②鸡黍,
邀我至田家。
绿树村边合③,
青山郭④外斜。
开轩面场圃,
把酒话桑麻。

dài dào chóng yáng rì
待 到 重 阳 日，
hái lái jiù　　jú huā
还 来 就⑤菊 花。

注释

①过：探望。②具：置办。③合：围。④郭：外城。⑤就：靠近。

译文

老友又杀鸡又煮黄米饭，请我到家中去做客。绿树环绕着村庄，村外的青山隐约可见。打开窗，面对谷场和菜园，我们端起酒杯聊起农家话。等到九月初九重阳节那天，我还要再来饮酒赏菊。

赏析

孟浩然是唐代著名山水田园诗人。这首诗主要写田园生活和山水风景。风格自然流畅，意景清远淡雅。这首诗描写了美丽的田园风光，抒发了诗人悠闲的心境。

zǐ yè　 wú gē
子夜①吴歌

lǐ bái
李白

原文

cháng ān　yí piàn yuè
长 安 一 片 月，

wàn hù dǎo yī shēng
万户捣衣②声。
qiū fēng chuī bú jìn
秋风吹不尽，
zǒng shì yù guān qíng
总是玉关③情。
hé rì píng hú lǔ
何日平胡虏，
liáng rén bà yuǎn zhēng
良人④罢远征。

注释

①子夜：相传在晋朝时，有位叫"子夜"的女子，后人称她所唱的民谣为"子夜歌"。②捣衣：一种洗衣服的方式，就是用木棒敲打衣服。③玉关：玉门关。④良人：指丈夫。

译文

月光遍洒长安城，四面八方传来捣衣的声音。阵阵秋风吹来，却吹不尽对出征玉门关人的那片思念之情。究竟要到什么时候，才能平定作乱的胡人，好让我的丈夫结束出征，重回我的身边呢？

赏析

这首诗作为六句，乃李白创造，用于写思夫情绪更具新意。读了只觉言甜思苦，语浅情浓，前四句不恨朝廷黩武，但言胡虏未平，立言温厚，寄意深远，是不多得的插曲，回肠荡气，激动人心。

知 识

玉门关

　　玉门关,俗称小方盘城,位于甘肃敦煌市西北90公里处。玉门关也省称"玉关"。丝绸之路开通后,东西方文化、贸易交流日渐繁荣,为确保丝绸之路安全与畅通。大约公元前121年到公元前107年间,汉武帝下令修建了"两关",即"阳关"、"玉门关"。还有一种说法,相传西汉时西域和田的美玉,经此关口进入中原,因此而定名为"玉门关"。

sòng zhū dà rù qín
送朱大入秦

mèng hào rán
孟浩然

原 文

yóu rén wǔ líng qù
游人五陵①去,
bǎo jiàn zhí qiān jīn
宝剑值千金。
fēn shǒu tuō xiāng zèng
分手脱相赠,
píng shēng yí piàn xīn
平生一片心。

注释

①五陵：指西汉五个皇帝的陵墓，地近长安，这里也指长安。

译文

朱大要到长安去了，我佩带价值千金的宝剑来送行。分手的时候，我解下宝剑赠送给朱大，这剑寄托着我的祝福。宝剑价值再高，也比不上与朋友的深情厚谊。

赏析

诗人通过这首诗抒发的是送别友人的心情。友人离别，身外贵重的物品只有随身的宝剑了，将之赠给了朋友，充分说明朋友之间的深情厚谊。

赋新月

缪氏子①

原文

初月如弓未上弦②，

分明挂在碧霄边。

时人莫道蛾眉小，

sān wǔ tuán yuán zhào mǎn tiān
三 五 团 圆 照 满 天。

注 释

①缪氏子：姓缪的孩子。②未上弦：新月还没到半圆。

译 文

月初的新月像弯弓般还没有到半圆，却能醒目地挂在天空上。人们不要小看它现在像细细弯弯的眉毛一样小，等到月中十五时，它就会团团圆圆，一轮满月光照天下。

赏 析

这是一首咏物诗。诗人通过眼前新月，以小见大，由近及远，写得很优美很动人，是童心、童趣，由新月想到满月，也揭示了事物发展由小到大的深刻哲理。

sù jiàn dé jiāng
宿建德江

mèng hào rán
孟浩然

原 文

yí zhōu bó yān zhǔ
移 舟 泊 烟 渚①，
rì mù kè chóu xīn
日 暮 客 愁 新。

yě kuàng tiān dī shù
野旷天低树，
jiāng qīng yuè jìn rén
江清月近人。

注释

①渚：水中的小洲。

译文

将小船停泊在雾气弥漫的水中小洲。天色已晚，在外的游子旧愁又添上新愁。原野空旷，放眼望去，远处的天空好似低于树木；江水清澈，映在水中的月亮和船上的人距离好似很近了。

赏析

这是一首抒写羁旅之思的诗，描景写"愁"，显示出一种风韵天成、谈中有味、含有不露的艺术美。

guān fàng bái yīng èr shǒu qí yī
观放白鹰二首（其一）

lǐ bái
李白

原文

bā yuè biān fēng gāo
八月边风①高，

　　　　hú　yīng bái jǐn máo
　　　　胡②鹰 白 锦 毛。
　　　　gū fēi yí piàn xuě
　　　　孤 飞 一 片 雪，
　　　　bǎi lǐ jiàn qiū háo
　　　　百 里 见 秋 毫③。

注　释

①边风：边疆的风。②胡：中国古代对北方和西方各族的泛称。③秋毫：鸟兽在秋天新长出来的细毛，比喻极小的事物。

译　文

　　正是八月，边疆地区的风已越来越强劲。西北的鹰已长出了一身漂亮的白色锦毛，十分惹人喜爱。一只鹰自由地飞翔在空中，犹如一片白色的雪花在风中飘舞，它的眼睛锐利无比，在空中也能发现地上极细小的事物。

赏　析

　　这是一首咏物诗。写八月边疆的风寒风高，北国的鹰也已长出了御寒的毛，突出地写了鹰的眼力，它像雪花一样飘在百里的空中，也能发现地上极小的事物。

独坐敬亭山

李白

原文

众鸟高飞尽，
孤云独去闲①。
相看两不厌，
只有敬亭山②。

注释

①独去闲：独自去偷闲。②敬亭山：在今安徽省宣城县。

译文

几只小鸟高飞，不见了踪影；一片白云也不愿停留，越飘越远。敬亭山和我对视着，看也看不够。能够理解我寂寞心情的恐怕只有秀丽的敬亭山了。

赏 析

"静"是全诗的血脉,这首诗平淡恬静,诗人的思想感情与自然景物的高度融合而创造出来"寂静"的境界,表现了诗人的孤独。

望洞庭湖赠张丞相

孟浩然

原 文

八月湖水平①,
涵虚混太清②。
气蒸云梦泽③,
波撼岳阳城。
欲济④无舟楫,
端居⑤耻圣明。

zuò guān chuí diào zhě
坐观垂钓者，
tú yǒu xiàn yú qíng
徒有羡鱼情。

注释

①湖水平：湖水与堤岸齐平。②涵虚：天地。太清：太空。③云梦泽：这里指洞庭湖畔。④济：渡。⑤端居：安居。

译文

八月湖水高涨，与堤岸齐平。远远望去，水天浑然一体。洞庭湖畔万物滋润，波涛震撼着岳阳城。我想渡过洞庭湖却苦于没有船只，安居在家又有负朝廷圣明。坐着观看湖上钓鱼的人，让我生出无限羡慕。

赏析

这是孟浩然的一首干谒诗，语气得体有分寸，不失身份，措辞不卑不亢，对干谒之意表达得委婉含蓄，不落陈俗。

知识

干谒诗

干谒诗是古代文人为推销自己而写的一种诗歌，类似于现代的自荐信。一些文人为了求得进身的机会，往往十分含蓄地写一些干谒诗，向达官贵人呈献诗文，展示自己的才华与抱负，以求引荐。

枫桥①夜泊

张继

原　文

月落乌啼霜满天，
江枫②渔火对愁眠。
姑苏城外寒山寺③，
夜半钟声到客船。

注　释

①枫桥：在苏州城外的枫桥镇。②江枫：江边的枫树。③姑苏：苏州的别称。寒山寺：寺名。在枫桥的东边。

译　文

　　月亮西沉，乌鸦啼叫，清霜布满长天。只有江边的枫树和江上渔家的灯火与我相伴，思乡的愁绪使我难以入眠。夜深人静，苏州城外寒山寺中又传来了沉闷的钟声，一直传进我的客船里。

唐 诗

赏 析

　　这是一首写江行泊舟的千古之名作。诗人把枫桥夜景和旅人寂寞惆怅的心情写得意境幽远，令人回味无穷，达到了一个前无古人、后无来者的艺术境界。

渡浙江问舟中人

孟浩然

原 文

潮落江平未有风，
扁舟共济①与君同。
时时引颈望天末②，
何处青山是越中？

注 释

①济：渡。②引颈：伸出脖子。天末：天边。

译 文

潮水退尽,江面上平静得没有一丝风,我和你乘坐小船渡江而去。我不时伸出脖子仰望天边,哪里才是我要去的越中呢?

赏 析

这首诗描写诗人与友人在风平浪静的江面上泛舟的情景。诗意恬静浑健,闲静淡远,言意深长。

sòng yǒu rén
送友人

lǐ bái
李 白

原 文

qīng shān héng běi guō
青山横北郭①,
bái shuǐ rào dōng chéng
白水绕东城。
cǐ dì yì wéi bié
此地一为别,
gū péng wàn lǐ zhēng
孤蓬②万里征。

浮云游子意，
落日故人情。
挥手自兹③去，
萧萧班马④鸣。

注 释

①郭：外城。②蓬：蓬草，枯后随风飞飘，比喻征人。③兹：此。④班马：离群的马。

译 文

苍山横亘在外城的北面，清澈的流水围绕着东边的城墙。在这里和你告别后，你就要像孤单的蓬草一样去浪迹天涯了。天上飘浮的白云，载着你不舍得离开的心意。西边的落日晖映着浓浓的故人情。就要挥别了，没想到马儿竟也不忍离别，彼此鸣叫着，仿佛在道别。

赏 析

这首诗先说送别之处，由此一别则孤蓬万里行，游人像浮云，如同落日难留。前程迢迢、行踪无定、心绪苍茫等离别情意，难以排遣，但又点到为止。

清平调(其一)

李白

原文

云想衣裳花想容，
春风拂槛①露华浓。
若非群玉山②头见，
会向瑶台③月下逢。

注释

①槛：栏杆。②群玉山：西五母所居之处。③瑶台：传说中的昆仑瑶台是西王母之宫。

译文

云朵是你的彩衣，花儿是你的美貌。春风吹拂栏杆，露珠随着夜深而更加浓厚。假如不是在群玉山头遇见你，也会在瑶台边的月下相逢。

赏析

李白的诗,咏花咏人,花人合咏,以带露牡丹喻贵妃,形容其衣衫如云,容颜似花,想象丰富,首句更是千古佳句。

知识

玄宗急召李白

相传,唐代天宝初期,李白担任翰林。当时,宫中的木芍药盛开,玄宗在月夜赏花,召杨贵妃侍酒,乐师李龟年奏乐助兴。兴致勃勃的唐玄宗急召翰林学士李白进宫赋诗。李白进得宫来,略一思索,便有了主意,很快下笔如飞,一挥而就,在金花笺上写了三首《清平调》送上。

牧童

高驾

原文

牧童见客拜,
山果怀中落。

zhòu rì qū niú guī
昼日驱牛归①，
qián xī fēng yǔ è
前溪风雨恶。

注释

①昼日：大白天。

译文

放牧的孩子看见客人连忙行礼，不料从怀里掉下一只山果。客人问他为什么白天赶着牛儿回来？他说是因为前面的小溪被大雨狂风刮得实在可怕。

赏析

这首诗语言清新自然，诗人用简洁的笔触写出了山中孩子的活泼与天真。

xià rì nán tíng huái xīn dà
夏日南亭怀辛大

mèng hào rán
孟浩然

原文

shān guāng hū xī luò
山光①忽西落，

唐　诗

chí yuè jiàn dōng shàng
池月渐东上。

sàn fà chéng xī liáng
散发乘夕凉，

kāi xuān wò xián chǎng
开轩卧闲敞②。

hé fēng sòng xiāng qì
荷风送香气，

zhú lù dī qīng xiǎng
竹露滴清响。

yù qǔ míng qín tán
欲取鸣琴弹，

hèn wú zhī yīn shǎng
恨无知音赏。

gǎn cǐ huái gù rén
感此怀故人，

zhōng xiāo láo mèng xiǎng
中宵劳梦想。

注释

①山光：指夕阳。②轩：窗。闲敞：指安静宽敞的地方。

译文

夕阳刹那间在西边落下，月亮慢慢从东边升起来。我披着头发乘凉，打开窗户躺在窗下。凉风送来荷花的清香，耳畔传来竹露滴在地面上的清脆声响。本想弹奏一曲鸣琴，可惜身边无知音欣赏。由此想起我的老朋友，这一夜，梦中我也在思念他。

赏　析

　　这首诗是孟浩然的代表作，将夏日清景与怀人幽情融于一体。写景自然，不损天真，文字如行云流水，层递序顺，尤其是风送荷香，露滴竹响，让人细香可闻，滴水可鸣，除此更无声息，由境及意，极富韵味。

柏林寺南望

郎士元

原　文

溪上遥闻精舍①钟，

泊舟微径度②深松。

青山霁③后云犹在，

画出西南四五峰。

注释

①精舍:寺庙,这里指柏林寺。②度:经过。③霁:雨后初晴。

译文

还在山溪上,便已听到远远传来的柏林寺的悠扬钟声。停泊了小船,沿着山间弯弯曲曲的小路在密密的松柏林里穿行。雨后初晴,满山青翠,头顶上飘荡着轻柔的白云,向西南望去,蓝天白云下,几座错落参差的青峰犹如刚刚完成的画卷。

赏析

唐代,诗中有画之作为数甚多,而这首小诗别具风味,诗人写景犹如绘画,有刚脱笔砚之感。

与诸子登岘首①

孟浩然

原文

人事有代谢,
往来成古今。
江山留胜迹,

wǒ bèi fù dēng lín
我辈复登临。
shuǐ luò yú liáng qiǎn
水落鱼梁②浅，
tiān hán mèng zé shēn
天寒梦泽③深。
yáng gōng bēi shàng zài
羊公碑④尚在，
dú bà lèi zhān jīn
读罢泪沾襟。

注释

①岘首：又称岘山。②鱼梁：指鱼梁洲，沔水中的小绿洲。③梦泽：即云梦泽。④羊公碑：晋朝官员羊祜生前有政绩，死后人们为其立碑。

译文

朝代更替，人事变迁，春来秋往，谱写成古今历史。江山留下了名人胜迹，如今我们登上岘山来凭吊。从山上远望，沔水枯竭，露出鱼梁洲，天寒地冻，深远的云梦泽草木凋零。为羊祜歌功颂德的石碑依旧挺立在岘山上，读完碑文，我的眼泪沾湿了衣襟。

赏析

这首诗是诗人凭吊古代名将羊祜而作。羊祜在世时常登岘山，感叹江山长存，而人事无恒。羊祜去世后，百姓感念其德政，建碑于此，望者无不落泪，因此这首诗亦能引起读者的共鸣。

> **知识**
>
> ## 羊公碑
>
> 羊公碑现位于湖北省襄阳市，是为了纪念曹魏末年西晋初期著名军事家、政治家、文学家羊祜而建造的碑石，原名为晋征南大将军羊公祜之碑，简称羊公碑。在羊祜死后，每逢时节，周围的百姓都会祭拜他，睹碑生情，莫不流泪，羊祜的继任者、西晋名臣杜预因此把它称作堕泪碑。后人则用望碑堕泪来借喻死者德高望重。

黄鹤楼

崔颢

原文

昔人①已乘黄鹤去，

此地空余黄鹤楼。

黄鹤一去不复返，

白云千载空悠悠②。

晴川历历③汉阳树，
芳草萋萋④鹦鹉洲。
日暮乡关何处是？
烟波江上使人愁。

注 释

①昔人：前人，指传说中骑黄鹤的仙人。②悠悠：久远的样子。
③历历：分明可数。④萋萋：形容草长得茂盛的样子。

译 文

仙人已经骑着黄鹤离去，这里只留下一座黄鹤楼。黄鹤一经飞去不再复返，千余年来只剩下白云在这里自由飘浮。天色明朗，可清晰地看见隔江汉阳之地的树影和江中鹦鹉洲上的茂密青草。太阳将要落山，我可爱的故乡在何方？满眼浩渺的烟波，让人愁绪顿生。

赏 析

这首诗是一首登楼览胜的千古绝唱。诗人即景抒情，笔到意随，出神入化，浑然天成，流传百世而无衰。

采莲曲①

刘方平

原文

落日清江里，
荆歌艳楚腰。
采莲从小惯，
十五即乘潮。

注释

①采莲曲：梁武帝所制乐府《江南弄》七曲之一。后代人仿诗颇多。

译文

落日映照在清澈的水面上，这时传来秀美女子婉转动听的歌声。她从小就开始采莲，小小年纪就能驾驭风浪，她是多么朴实、勤劳和勇敢啊！

赏析

　　这是诗人仿《江南弄》中七曲之一"采莲曲"所作。诗人祖籍河南，长大后去他乡谋事。诗中的采莲女的身世，引起诗人的联想而作采莲曲。

长干曲①（其一）

崔颢

原文

君家住何处？
妾住在横塘②。
停船暂借问③，
或恐是同乡。

注释

　　①长干曲：乐府杂曲歌辞名。②横塘：在今江苏省南京市西南，与长干相近。③借问：向人询句。

唐诗

译文

请问您家住在哪里？我就住在横塘附近。恐怕我们是同乡，所以特意停下船来问一声。

赏析

"长干曲"即"长干行"，原乐府《杂曲歌辞》，多写儿女之情。此诗为舟女问话，主动发问，不等回答就自报家门，又恐对方怪己唐突而补叙原委。这首诗写出了舟女热情中蕴柔意，大胆中含羞怯，率直中寓婉曲。

长干曲（其二）

崔颢

原文

家临九江水①，

来去九江侧。

同是长干人②，

生小不相识。

注 释

①九江：泛指江河。②长干：地名，在今江苏省南京市附近，又叫长干里。

译 文

我家面对九江水而居，来来往往我都离不开九江边。你我同是长干人，生活在同一个地方，却从不相识。

赏 析

《长干曲（其二）》写诗人答《长干曲（其一）》中舟女的问话，肯定她的判断，同是长干人，只是感叹从小不相识。两首诗问答之语，演绎了清纯无邪的男女相悦情韵，写出了如诗如画的意境，饱含着朴素清新的水乡生活气息。

从军行①(其四)

王昌龄

原 文

青海②长云暗雪山，
孤城遥望玉门关。

huáng shā bǎi zhàn chuān jīn jiǎ
黄沙百战穿金甲③,
bú pò lóu lán zhōng bù huán
不破楼兰④终不还。

注释

①行：古代歌曲的一种体裁。②青海：青海湖。③穿：磨穿。金甲：铠甲。④楼兰：汉代西域国名，此处指西北入侵之敌。

译文

青海湖上的密云笼罩着雪山，使雪山的颜色变暗。站在孤城上远远望去，玉门关矗立在眼前。鏖战在大沙漠中的将士，铠甲早已磨穿，但不打败入侵的敌人，他们誓死也不回还。

赏析

《从军行》多写军旅辛苦之辞。这首诗写出军人征战沙漠，不打败入侵之敌誓不回师的无畏气魄。

知识

从军行

从军行是汉代乐府《平调曲》名，内容多数写军队的战斗生活。唐代以来，王昌龄等都有以此为名的诗篇流传，表达一种士子从戎、征战边疆的过程和心情，从而表达了"国家有事，匹夫有责"的使命感和建功立业的豪迈情怀。

从军行①（其五）

王昌龄

原文

大漠风尘日色昏，
红旗半卷出辕门②。
前军夜战洮河③北，
已报生擒吐谷浑④。

注释

①从军：参军。②辕门：军营大门。③洮河：在今甘肃省境内。④吐谷浑：古代少数民族部落，此处指敌人首领。

译文

茫茫的大沙漠上风尘翻滚，日色为之昏，劲风吹动着战旗，将士们离营出征。前面的军队在洮河以北与敌人进行夜战，传来捷报说已经活捉了敌军首领。

唐 诗

赏 析

　　这首诗前两句表现的是唐军乘夜色出征时迅猛的声威,后两句表现的是唐军勇猛善战。诗人不是正面铺叙战争,而是采用了烘托手法和侧面描绘。

sài xià qǔ
塞下曲

wáng chāng líng
王 昌 龄

原 文

yìn mǎ dù qiū shuǐ
饮马渡秋水,

shuǐ hán fēng sì dāo
水寒风似刀。

píng shā　　rì wèi mò
平沙①日未没,

àn àn jiàn lín táo
黯黯见临洮②。

xī rì cháng chéng zhàn
昔日长城战③,

chéng yán yì qì gāo
成言意气高。

huáng chén zú jīn gǔ
黄 尘 足 今 古，
bái gǔ luàn péng hāo
白 骨 乱 蓬 蒿。

注释

①平沙：一望无际的大沙漠。②临洮：今甘肃省临洮县，古长城的西起点。③长城战：唐玄宗开元二年（714年），唐军在临洮大败吐蕃之战。

译文

给战马喝足水喂饱料，便渡过秋水来到边塞。水寒浸骨，疾风如刀。在茫茫沙漠中，西沉的夕阳还没有隐没，暮色中远望临洮令人感到朦朦胧胧的。长城外周边战争频繁，将士气势高昂。从古到今，黄沙滚滚弥漫长城内外，遍地遗骸也在荒草丛中处处可见。

赏析

诗人王昌龄以边塞诗见长，其笔下，边塞风光描绘真切，令读者如身临其境。塞外寒秋悲凉壮逸，戍边战士悲壮雄武。这首诗气态雄浑，声调响亮，透出豪情气骨，写战争之惨烈、气氛之悲凉、境界之宏阔，下笔淋漓酣畅，构成一幅震撼人心的边塞征战图。同时诗人也写了战争的代价，自然而然地点出了反对战争的主题。

唐　诗

桃花溪①

张旭

原文

隐隐飞桥隔野烟②，
石矶③西畔问渔船。
桃花尽日随流水，
洞在清溪何处边？

注释

①桃花溪：在今湖南省桃源县，陶渊明的《桃花源记》就是以此为背景的。②飞桥：形容桥势险峻欲飞。野烟：原野的烟雾。③石矶：水边凸起的大石。

译文

架在溪水之上的桥在迷茫的雾气中隐约可见。我在岩石西边向渔人打听道路，桃花整天随着流水漂走，可那桃花源的入口又在哪里呢？

赏析

　　桃花溪在湖南省桃源县西南,源出桃花山,或得名于陶潜《桃花源记》。这首诗写了诗人寻找世外桃园而不见踪影的过程,但最后点出世外桃园是不存在的社会现实。

出　塞①

王　昌　龄

原文

秦时明月汉时关,
万里长征人未还。
但使龙城飞将②在,
不教胡马度阴山③。

注释

　　①出塞:属汉乐府《横吹曲》旧题。②龙城飞将:指李广。③胡马:指敌军。阴山:今内蒙古中部的山脉。

译文

明月和边关依旧还是秦汉时的模样,但岁月更替,战事连连,戍边关的将士却没有回来。如果有像飞将军李广一样的勇将,就绝不会让敌人的铁骑越过阴山。

赏析

这是一首边塞诗,前两句写出了一种悲壮的气氛,衬托出边塞战士的壮烈;后两句中,诗人更期待如李广一样的名将更多地出现,平定边疆,保家卫国。

知识

龙城飞将

"龙城"指名将卫青,卫青的首次出征正是奇袭龙城,揭开汉匈战争汉朝反败为胜的序幕。他曾七战七胜,收复河朔、河套地区,击破匈奴单于,为北部疆域的开拓做出重大贡献。"飞将"则指威名赫赫的飞将军李广。

李广是我国西汉时期的名将,被匈奴称之"飞将军"。

"龙城飞将"并不只一人,实指卫青和李广,更多的是借指驻守边关、不让敌人入境侵犯的良将。

终南望余雪

祖咏

原　文

终南阴岭①秀，
积雪浮云端。
林表明霁②色，
城中增暮寒。

注　释

①阴岭：山北为阴，故称山北为阴岭。②表：此处指树梢顶端。霁：晴。

译　文

终南山的山北峻岭秀美，山上终年不化的积雪仿佛飘浮在山顶的白云上。透过山林顶端，可以看到晴朗的天色。夜幕降临，瑟瑟凉气向城中袭来。

赏析

　　这首诗是诗人祖咏的名作,成四句而纳卷。这首诗写出了雪的飘逸秀美,也写出了雪的寒气,进而突出了终南山残雪的景象。

江南曲①

李益

原文

嫁得瞿塘贾②,
朝朝误妾期。
早知潮有信,
嫁与弄潮儿。

注释

　　①江南曲:属乐府《相和歌》,曲名。②瞿塘:长江上游一带。贾:商人。

译文

自从嫁给瞿塘的商人,她就常常延误回家的日期。要是早知道潮水的涨落是定时的话,真不如嫁给在湖水中驾船的小伙子。

赏析

这首诗写一个女子对经商的丈夫久别不归的怨恨。通篇心绪跌宕,表现了女主人公对正常家庭爱情生活的热烈向往,真切直率。其悔没嫁弄潮儿的奇想,足见怨恨之极。

闺① 怨

王昌龄

原文

闺中少妇不知愁,

春日凝妆②上翠楼。

忽见陌③头杨柳色,

悔教夫婿觅④封侯。

注释

①闺：女子的居室。②凝妆：精心打扮。③陌：阡陌，田间。④觅：寻取。

译文

闺房中的年轻妇女不知道忧愁，春日里，精心巧扮后登上豪华精致的绣楼，凭窗观赏春天的景色。忽然看见田野路旁的青青杨柳，不由得悔恨自己不该鼓励丈夫参军，让他去觅取功名。

赏析

古时往往用鸿雁寄书信，无鸿雁即寄不成。诗人虽无大名，此诗则脍炙人口。

塞上听吹笛

高适

原文

雪净胡天牧马还，

月明羌笛戍楼①间。

借问梅花何处落②，

fēng chuī yí yè mǎn guān shān
风 吹 一 夜 满 关 山 。

注 释

①羌：古代少数民族。戍楼：指军营城楼。②梅花何处落：是将曲调《梅花落》拆用，嵌入"何处"两字，从而构思成一种虚景。

译 文

西北的天地已是冰雪消融，士兵们牧马归来。天空洒下明月的清辉，军营城楼间吹起了羌笛。请问这《梅花落》是从哪里传来的？一夜之间，风传笛曲，传遍了边关的山野。

赏 析

诗人描写了边塞冰消雪化，牧人归来悦耳的羌笛和《梅花落》的乐音，在明亮的月光下，随着夜风传遍了山野边关。

知 识

《梅花落》

《梅花落》是汉乐府中二十八横吹曲之一，属乐府横吹曲调，相传为西汉李延年所作。别名《落梅》《落梅花》《大梅花》《小梅花》等。《梅花落》是《摩诃兜勒》二十八解中自魏晋南北朝以来、历唐宋元明清几代一直流传的曲调之一，和《折杨柳》一起成为笛曲的代表。同时，《梅花落》也是一首大角曲，用于特定的朝廷仪式，由专门人员演奏，隶属一定的部门。

长信怨

王昌龄

原文

奉帚①平明金殿开，
暂将团扇共徘徊。
玉颜不及寒鸦色，
犹带昭阳②日影来。

注释

①奉帚：拿箕帚洒扫。②昭阳：汉宫名。

译文

　　天色已亮，金殿门开，拿着箕帚打扫，手摇团扇在宫内徘徊。虽然有好的容颜却不及那丑恶的寒鸦。寒鸦虽丑，却可以在昭阳宫朝见君主的日影归来。

赏 析

诗人从宫廷生活切入,但仍然突出了边塞诗人的特色。

营州①歌

高适

原 文

营州少年厌②原野,

狐裘③蒙茸猎城下。

虏酒④千钟不醉人,

胡儿⑤十岁能骑马。

注 释

①营州:在今辽宁省朝阳县,唐时是汉族与契丹族杂居的地方。②厌:习惯于。③裘:毛皮的衣。④虏酒:塞外少数民族酿造的酒。⑤胡儿:指少数民族的孩子。

译文

营州的少年习惯于原野的生活,身穿毛茸茸的狐皮袍子在城外骑马打猎。他们都好酒豪饮,本地的酒喝上千杯也不醉。这些少数民族的孩子十岁就能骑马驰骋。

赏析

高适的诗风激昂雄健,初与王之涣、王昌龄齐名,继与岑参齐名。营州是唐时的北方要塞。这首诗为诗人当时对北方少数民族的描写。

寒食①

韩翃

原文

春城无处不飞花②,

寒食东风御柳③斜。

日暮汉宫传蜡烛④,

轻烟散入五侯⑤家。

注　释

①寒食：寒食节，清明节前两天，家家禁止生火，只吃现成食物。②春城：春天的城市。花：指柳絮。③御柳：皇帝宫苑中的杨柳。④传蜡烛：寒食节家家禁火，皇帝特殊恩赐蜡烛给权贵和高官。⑤五侯：指宦官、宠臣。

译　文

春日的长安柳絮飞舞，和暖的东风拂动着插在宫门上的柳枝。寒食节里家家禁火，只有皇宫里派出的特使，傍晚将皇帝特赐的蜡烛送入五侯之家。

赏　析

诗人写清明时节，唐宫内外的自然景象。前两句写宫内外自然节气，后两句写宫内外王侯享受寒食节不能动火，而是他们例外的特权表现。诗中"春城无处不飞花"句是广为传诵的佳句。

知　识

寒食节

寒食节也称"禁烟节""冷节""百五节"，在夏历冬至后105日，清明节前一二日。这天禁烟火，只吃冷食。在后世的发展中，寒食节逐渐增加了祭扫、踏青、秋千、蹴鞠、牵勾、斗鸡等风俗。寒食节前后绵延两千余年，曾被称为民间第一大祭日。寒食节是汉族传统节日中唯一以饮食习俗来命名的节日。后来因为寒食和清明两节的时节离得较近，所以人们把寒食和清明合在一起，只过清明节。

寒食寄京师诸弟

韦应物

原文

雨中禁火空斋冷,
江上流莺①独坐听。
把②酒看花想诸弟,
杜陵③寒食草青青。

注释

①莺:黄莺。②把:用手端着。③杜陵:在今陕西省西安市南。

译文

寒食节禁火,又下着春雨,空旷的屋子显得更加清冷。独自坐着,听那江上飞行的黄莺在歌唱。手端酒杯不禁思念起几个弟弟,此时家乡杜陵又该是芳草青青的时候了。

赏析

诗人是陕西西安人,后到江南做官。这首诗就是诗人写在江南清明前寒食节写给几位弟弟的诗,同时也表现了思念家乡的心情。

芙蓉楼①送辛渐

王昌龄

原文

寒雨连江夜入吴,

平明送客楚山孤。

洛阳亲友如相问,

一片冰心②在玉壶。

注释

①芙蓉楼:位于今江苏省镇江市西北。②冰心:像冰一样莹洁的心,比喻操守坚定。

译文

冰冷的雨夜入吴地,好像和江水相连。第二天早晨,我送走了客人。客人离开后,我独留此地,像楚山一样孤单寂寞。你回到洛阳,如果有亲友问询我,就说我的心像玉壶中的冰块一样晶莹透明。

赏析

诗人清晨送友,作诗相赠,末句是流传至今的千年佳句,它形象地刻画出诗人为官正直,思想境界高尚、品格高洁,余韵无穷。

别董大

高适

原文

千里黄云白日曛①,

北风吹雁雪纷纷。

莫愁前路无知己,

天下谁人不识君②!

注释

①曛：昏暗。②君：指董大，其为唐玄宗时的乐工，名叫董庭兰。

译文

千里北国，因为黄云蔽日而使天色变得昏暗。北风劲吹，刚吹得大雁南飞，又吹得大雪纷纷。请你不要担心前面的路上没有知心好友，天下有谁不认识你，又有谁听不懂你的琴声呢！

赏析

诗的原意是赞美董大才华横溢、名声远扬，对董大给予鼓励。后人常以此诗鼓励那些有真才实学的人，终会有用武之地，并会得到别人的肯定。

sòng chái shì yù
送柴侍御①

wáng chāng líng
王昌龄

原文

liú shuǐ tōng bō jiē wǔ gāng
流水通波接武冈②，
sòng jūn bù jué yǒu lí shāng
送君不觉有离伤。
qīng shān yí dào tóng yún yǔ
青山一道同云雨，

唐诗

míng yuè hé céng shì liǎng xiāng
明 月 何 曾 是 两 乡 。

注 释

①侍御：官职名。②武冈：今湖南省武冈县。

译 文

河水的波浪连接着武冈，送你远行，我并没有感伤。一路相连的青山陪伴着你我共沐风雨，同顶一轮明月，我俩又哪里是身处两乡。

赏 析

这是一首送别诗，但诗人并没有一味沉浸在离别的感伤之中，而是用一个"同"字，写出了虽与朋友即将分别两地，但仍同顶一片青天的豁达之情。

zǎo méi
早 梅

zhāng wèi
张 谓

原 文

yí shù hán méi bái yù tiáo
一 树 寒 梅 白 玉 条 ，
jiǒng lín cūn lù bàng xī qiáo
迥 临 村 路 傍 溪 桥①。

bù zhī jìn shuǐ huā xiān fā
不知近水花先发，
yí shì jīng dōng xuě wèi xiāo
疑是经冬雪未销②。

注释

①迥：远。②销：退尽、融化。

译文

满树早梅在寒冬里盛开，好像白玉长满枝条，梅树远离村边的小路，依傍着溪边的小桥。不知道是因为它靠近水边而花朵先开，竟让人怀疑是那过冬的白雪尚未融化。

赏析

这首诗以玉条比梅树，以白雪比梅花，形象生动，言辞铿锵，为久经传诵之作，是一首咏梅好诗。

xiāng sī
相思

wáng wéi
王维

原文

hóng dòu shēng nán guó
红豆①生南国，

唐　诗

chūn lái fā jǐ zhī
春 来 发 几 枝？
yuàn jūn duō cǎi xié
愿 君 多 采 撷②，
cǐ wù zuì xiāng sī
此 物 最 相 思。

注　释

①红豆：红豆树的果实，又名相思子。人们常把它当作爱情的象征。②采撷：采摘。

译　文

红豆树生长在南方，春天来到的时候又生出多少新枝呢？希望你多采摘一些红豆，它最能勾起你对亲人的思恋。

赏　析

这首诗借咏红豆以寄相思，如悄悄话一般，一叙一问一叮咛，末句挑明衷肠，点出题旨。诗人将一腔柔情，尽注于红豆之中，将相思之情表达得入木三分。

知　识

相思豆的由来

相传，古时有位男子出征，其妻朝夕倚于高山上的大树下祈望，因思念边塞的丈夫，哭于树下。泪水流干后，流出来的是粒粒

> 鲜红的血滴。血滴化为红豆,红豆生根发芽,长成大树,结满了一树红豆,人们称之为相思豆。日复一日,春去秋来,大树的果实,伴着妻子心中的思念,慢慢地变成了地球上最美的红色心形种子——相思豆。

遥雪宿芙蓉山主人

刘长卿

原文

日暮苍山①远,
天寒白屋贫。
柴门②闻犬吠,
风雪夜归人。

注释

①苍山:青色的山。②柴门:用枝条编成的门。

译文

　　太阳落山,天色昏暗,青山显得更加遥远。天寒地冻,简陋的茅舍在寒冬中更显得贫穷冷清。门外传来一阵阵狗的叫声,原来是顶着风雪夜中归宿的主人。

赏析

　　这首诗第一句写天晚、山远,暗写一个"宿"字;第二句写"天寒"指季节,暗写"雪"字;第三句写狗叫,写山村景色,也是写人,因为人来狗才叫;第四句写冒雪投宿的情况。全诗用白描手法、环境烘托、动静相映,生动地描写了一幅深山雪夜借宿图画。

望岳

杜甫

原文

岱宗①夫如何?

齐鲁青未了。

造化钟②神秀,

阴阳割昏晓。

荡胸生层云，

决眦③入归鸟。

会当④凌绝顶，

一览众山小。

注释

①岱宗：泰山。②造化：大自然。钟：聚集。③决眦：眼角裂开。④会当：一定要。

译文

泰山那风景如何？齐鲁大地葱葱郁郁。大自然把神奇秀美的景观聚集在泰山，横亘的山峰把山南、山北分割成早晨和黄昏。山中缭绕的云层使人胸怀激荡，睁大双眼看那众鸟归巢。一定要登到山的顶峰，从这里一眼望去，众山是那么矮小。

赏析

诗韵八句，语语奇绝，天造地设般将"望岳"二字写尽，首句以距离之远来衬托泰山之高，次句写近望泰山之势，到天边始尽，气势上突出，使人感到襟怀浩荡。这首诗为咏山之名作，被后人誉为

"绝唱"。

鸟鸣涧①

王维

原文

人闲②桂花落，
夜静春山空。
月出惊山鸟，
时③鸣春涧中。

注释

①涧：两山间的水流。②闲：静寂。③时：不时地，时时地。

译文

空阔寂静的山涧里，桂花已经飘落，宁静的夜晚使春天的山林显得更加空寂。素月流泻着皎洁的银辉，竟使山中的鸟儿惊觉，不时响起的啼叫声打破了山涧中的寂静。

赏析

首句抓住"闲"和"静"二字,营造出一种诗中有画的意境,而末句用"惊"和"鸣"二字,创出了动静交融,视听结合的优美艺术环境,正所谓"景到处有情,情到处生景"。

春望(chūn wàng)

杜甫(dù fǔ)

原文

国①破山河在,(guó pò shān hé zài)

城春草木深。(chéng chūn cǎo mù shēn)

感时②花溅泪,(gǎn shí huā jiàn lèi)

恨别鸟惊心。(hèn bié niǎo jīng xīn)

烽火连三月,(fēng huǒ lián sān yuè)

jiā shū dǐ wàn jīn
家书抵万金。
bái tóu sāo gèng duǎn
白头搔更短③,
hún yù bú shèng zān
浑④欲不胜簪。

注释

①国:指当时的国都长安。②感时:感慨时局。③短:短少稀疏。④浑:简直。

译文

长安已经被叛军攻陷,只有山河依旧。长安城中,春天已经到来,却只有野草树木丛生。感伤时局,看到花开也使我落泪;遗憾离别,听见鸟鸣也使我心惊。由于战火持续了三个月,传递平安的家信足以抵上万两黄金。满头稀疏的白发越搔越稀少,简直都插不住发簪了。

赏析

这是一首千古传诵的诗,抒发了诗人关心时事、忧国思家的沉痛感情。诗的前半写景,景中含情,春天本该是美好的,可在这国破家亡的时候,眼前的鸟语花香成为令人伤感的事物。诗的后半抒情,表现了诗人因忧伤国事、怀念家人而焦虑万分、憔悴不堪的情状。

知识

发簪

簪，古人用来插定发髻或连冠于发的一种长针，有横直之分，后来专指妇女插髻的首饰。在上古时期，发簪被称作"笄"。在男子盛行带冠之时，发笄还有固冠作用，以免滑坠。唐宋时期及以后各朝代，是发簪流行的盛世。

春夜喜雨

杜甫

原 文

好雨知时节，

当春乃①发生。

随风潜②入夜，

润物细无声。

唐　诗

　　yě jìng yún jù hēi
　　野 径 云 俱 黑，
　　jiāng chuán huǒ dú míng
　　江 船 火 独 明。
　　xiǎo kàn hóng shī chù
　　晓 看 红 湿 处，
　　huā zhòng jǐn guān chéng
　　花 重 锦 官 城③。

注　释

　　①乃：就。②潜：偷偷地。③重：颜色浓丽。锦官城：今四川省成都市。

译　文

　　春雨知道适应季节，当万物萌发生长时，它伴随着春风，在夜晚偷偷地降临，细微无声地滋润着万物。郊野的小路和空中的云朵躲在黑暗之中，江上渔船的灯火却格外明亮。待到天明，看那细雨浸润的红花，迎着曙光分外鲜艳，饱含雨露的花朵开满了锦官城。

赏　析

　　这是一首优美的写景诗。诗人是从春雨不知不觉中到来的轻盈姿态写起，接着描绘出一幅素描式的阴晴对照图："野径云俱黑，江船火独明"。最后诗人又用绚烂多姿的繁花和色彩进一步点染，描绘出一幅明丽的成都古城风景图。

送元二使安西①

王维

原 文

渭城朝雨浥②轻尘，

客舍③青青柳色新。

劝君更尽一杯酒，

西出阳关④无故人。

注 释

①使：出使。安西：今新疆库车县。②渭城：秦时咸阳城。今陕西省西安市西北。浥：沾湿。③客舍：旅馆。④阳关：古关名，位于今甘肃省敦煌市西南。

译 文

渭城的清晨，雨水沾湿了飞扬的尘土。旅馆被雨水冲刷得很干净，路边的杨柳也更加青葱。希望你再饮尽这一杯送别酒，因为出了阳关就不会轻易见到老朋友了。

唐　诗

赏　析

　　这首诗所描写的是一种最常见的离别。没有特殊的背景，而自有深挚的惜别之情。

月夜

杜甫

原　文

今夜鄜州①月，
闺中只独看。
遥怜小儿女，
未解忆长安。
香雾云鬟湿②，
清辉玉臂寒。

hé shí yǐ xū huǎng
何时倚虚幌，
shuāng zhào lèi hén gān
双照泪痕干。

注释

①鄜州：今陕西省延安市南部富县。②鬟：古代妇女梳的一种环形的发髻。

译文

妻子今夜只能独自在鄜州望月了。天真幼稚的小儿女怎会理解母亲望月忆长安的焦虑和辛酸？妻子夜不能眠，雾湿青丝，月寒玉臂。何时才能双双倚着薄帷共望明月？恐怕只有到团圆时，方能使妻"泪痕干"。

赏析

这首诗借望月而抒离情，泪痕里浸透着天下大乱的悲哀，闪耀着四海升平的理想。

jiǔ yuè jiǔ rì yì shān dōng xiōng dì
九月九日忆山东①兄弟

wáng wéi
王维

原文

dú zài yì xiāng wéi yì kè
独在异乡为异客，

唐 诗

měi féng jiā jié bèi sī qīn
每逢佳节倍思亲。
yáo zhī xiōng dì dēng gāo chù
遥知兄弟登高处，
biàn chā zhū yú　shǎo yì rén
遍插茱萸②少一人。

注　释

①山东：此处指华山以东地区，诗人故乡即在此地。②茱萸：一种芳香植物，传说佩戴它可以消灾除病。

译　文

我独自客居在他乡，每当九月九日重阳佳节我就更加思念故乡的亲人。远远地，我遥想故乡的兄弟们已身佩茱萸登上高处，却唯独少了我一个人而倍感怅惘。

赏　析

这首诗的诗句，朴素无华而又高度概括，曲折有致，出乎常情，以直抒思乡之情起笔，暗写了独在异乡的孤独寂寞。

知　识

重阳节

每年农历九月初九日，是我国汉民族的传统节日——重阳节，重阳节又称重九节、"踏秋"，是中国传统四大祭祖的节日之一。重阳节，早在战国时期就已经形成，到了唐代被正式定为民间的节日，此后历朝历代沿袭至今。重阳与三月初三的"踏春"，皆是家族倾室而出。重阳节这天，所有亲人都要一起登高"避灾"，还有出游赏景、登高远眺、观赏菊花、遍插茱萸、吃重阳糕、饮菊花酒等活动。

少年行（其一）

王维

原文

新丰美酒斗十千①，

咸阳游侠多少年。

相逢意气为君饮，

系马高楼垂柳边。

注释

①新丰：地名，今河南省新丰市。斗十千：斗，酒器。斗十千：指美酒

价格昂贵。

译　文

　　新丰出产的美酒价格昂贵,咸阳豪爽的游侠多半是少年。路逢知己,意气相投,少年游侠们争着要为对方干杯,就把骏马系在高楼下垂柳边,等待主人酣饮归来吧。

赏　析

　　这首诗写长安城里游侠少年意气风发的风貌和豪迈气概,豪侠凌厉之气,了不可拆。

月夜忆舍弟

杜甫

原　文

戍鼓①断人行,

边秋一雁声。

露从今夜白,

月是故乡明。

有弟皆分散，
无家问死生。
寄书②长不达，
况乃未休兵。

注释

①戍：防守边疆。戍鼓：军鼓。②书：这里指书信。

译文

戍鼓声声，路断行人，天边传来孤雁声声，更显出边疆深秋的凄凉。白露时节的露水，点点滴滴，令人顿生寒意，遥想中的故乡月亮是那么的明亮。月光下思念着天各一方的兄弟，可家人已四处分散，生死消息无从得知。因路途遥远，平时寄信都收不到，更何况是这战事未了的时局。

赏析

诗人千头万绪，一齐从笔下流出，将这首诗写得凄楚哀感，沉郁顿挫。

少年行（其二）

王维

原文

出身仕汉羽林郎①，
初随骠骑战渔阳②。
孰知不向边庭苦，
纵死犹闻侠骨香。

注释

①仕：做官。羽林郎：官名，担任护卫皇帝之职。②骠骑：汉代将军名号。渔阳：地名，今北京市密云县西南。

译文

少年原来担任着护卫皇上的羽林郎之职，这是第一次随着骠骑将军参加渔阳的战斗。谁不知道边疆戎马生涯的艰难困苦呢？然而为了国家的安全，纵然是战死了，也要留下英勇气概的芬芳。

赏析

此诗写少年将士的豪情壮志,侧重写少年的向往和期待。

知识

骠骑将军

汉代元狩二年,汉武帝封霍去病为骠骑将军。霍去病成为史上第一位骠骑将军。元狩四年,汉武帝定下法令,让骠骑将军的官阶和俸禄同大将军相等,金印紫绶,位同三公。东汉以后各代沿袭此制,有时加"骠骑大将军"。

绝句二首(其一)

杜甫

原文

迟日①江山丽,

春风花草香。

泥融②飞燕子,

<pre>
shā nuǎn shuì yuān yāng
沙 暖 睡 鸳 鸯 。
</pre>

注释

①迟日:指春日。②泥融:泥土松软。

译文

春天来临了,山山水水显得格外秀丽。春风微拂,送来了花草的芳香。泥土松软了,燕子飞来飞去,繁忙地衔泥筑巢。溪边的沙洲上,成对的鸳鸯静睡在暖沙上,沐浴着春光。

赏析

这首五句绝言,意境明丽悠远,格调清新。全诗对仗工整,自然流畅。

<pre>
       tián yuán lè
        田 园 乐
                        wáng wéi
                         王 维
</pre>

原文

<pre>
táo hóng fù hán sù yǔ
桃 红 复 含 宿 雨①,
liǔ lǜ gèng dài zhāo yān
柳 绿 更 带 朝 烟 。
</pre>

huā luò jiā tóng wèi sǎo
花落家童未扫,
yīng tí shān kè yóu mián
莺啼山客犹眠②。

注 释

①宿雨:昨夜下的雨。②山客:隐居山庄里的人,指诗人自己。犹眠:还在睡觉。

译 文

刚绽放的花瓣上还含着昨夜的雨珠,雨后的柳树碧绿一片,笼罩在早上的烟雾之中。被雨打落的花瓣洒满庭院,家童还未起床打扫,黄莺已啼鸣,山客还在酣眠。

赏 析

这首诗描写了春天夜雨过后,清晨美丽的景色,表达了诗人悠闲的心情。

shuǐ jiàn qiǎn xīn èr shǒu   qí yī
水槛遣心二首(其一)

dù fǔ
杜甫

原 文

qù guō xuān yíng   chǎng
去郭轩楹①敞,

无村眺望赊②。
澄江平少岸，
幽树晚多花。
细雨鱼儿出，
微风燕子斜。
城中十万户，
此地两三家。

注　释

①轩：长廊。楹：柱子。②赊：远。

译　文

　　草堂离城郭很远，庭院开阔宽敞，周围没有村落，可以放眼远望。倚着廊柱望去，碧澄浩荡的江水似乎和江岸齐平了；郁郁葱葱的树木，在春日的黄昏里，盛开着鲜花。在细雨中，鱼儿欢快地游出水面，燕子在微风下倾斜着身子掠过天空。城里住着成千上万的人，而这里却人烟稀少，闲适安静。

赏析

这首诗句句写景,句句有"遣心"之意,诗中蕴含了诗人的悠然自得及对春天的热爱。

知识

成都杜甫草堂

成都杜甫草堂,是我国唐代大诗人杜甫流寓成都时的居所。公元759年冬天,杜甫为避"安史之乱",携家带口由陇右(今甘肃省南部)入蜀辗转来到成都。次年春,在友人的帮助下,在成都西郊风景如画的浣花溪畔修建茅屋居住。第二年春天,茅屋落成,称为"成都草堂",在这里居住了将近四年。

竹里馆①

wáng wéi
王 维

原文

dú zuò yōu huáng lǐ
独 坐 幽 篁② 里,
tán qín fù cháng xiào
弹 琴 复 长 啸③。

shēn lín rén bù zhī
深 林④人 不 知，
míng yuè lái xiāng zhào
明 月 来 相 照。

注释

①竹里馆：辋川别墅胜景之一。②幽篁：幽深的竹林。③啸：撮口发出悠长而清亮的声音。④深林：即竹林。

译文

我独自坐在幽深的竹林里，一边弹琴一边高歌长啸。谁能来分享我的欢乐我的情致呢？只有明月在静静照耀着我。

赏析

诗人用反衬的手法描写了竹林的静寂，静中有动，寂中有声，明暗映衬，独得其妙。

xǐ jiàn wài dì yòu yán bié
喜见外弟又言别

李益

原文

shí nián lí luàn hòu
十 年 离 乱 后，

长大一相逢。
问姓惊初见,
称名忆旧容。
别来沧海事,
语罢暮天钟。
明日巴陵①道,
秋山又几重。

注释

①巴陵:岳州。

译文

经过十多年离乱后,长大后的我们才相逢。询问你的姓氏,好像是初识的朋友,称过小名之后才回忆起你儿时的模样。少年别后,人世沧桑,互相谈个没完,话语刚一停歇便传来了晚钟的声音。明天你就要踏上去岳州之路了,重重山川,又将把我们隔断。

唐诗

赏析

　　这首诗叙谈伤乱感慨之情,寓之意中,语言凝炼,描写生动,感情真挚,让人备感亲切。

夜上受降城闻笛

李益

原文

回乐峰①前沙似雪,

受降城外月如霜。

不知何处吹芦管②,

一夜征人尽望乡。

注释

　　①回乐峰:位于今甘肃省灵武县。②芦管:即胡笳,胡人卷芦叶而吹。

译 文

回乐峰前,沙漠似雪一样清冷;受降城外,月光似秋霜般冷澈。不知从什么地方传来胡笳的吹奏声,唤醒了戍边将士的思乡之情。

赏 析

诗人把诗中的景色、声音、感情三者融合为一体,意境浑然天成,简洁空灵。

知 识

胡笳的传说

相传,西晋末年时有个爱国将领刘琨,善吹胡笳。公元307年,刘琨出任并州刺史,进驻晋阳城。有一次,数万匈奴兵将晋阳严严围住,刘琨登上城楼,忽然想起了当年项羽的八千兵马被"四面楚歌"唱败的故事,于是下令会吹卷叶胡笳的军士全部到帐下报到,很快组成了一个"胡笳乐队",朝着敌营那边吹起了《胡笳五弄》。他们吹得既哀伤又凄婉,匈奴兵听了,军心骚动。半夜时分,晋阳城的军士们再次吹起这支乐曲,匈奴兵怀念家乡,皆泣泪而回。

唐 诗

春行即兴

李华

原文

宜阳①城下草萋萋，
涧水东流复向西。
芳树无人花自落，
春山一路鸟空啼。

注释

①宜阳：地名，今河南省西部。唐代最大的行宫坐落在这里。

译文

宜阳城下的土地荒芜，野草丛生。涧水向东流淌后，又转而向西前行。这里的奇花异树再也无人来欣赏，花开花落暗自凋零。山路上，行人稀少，只听见鸟儿孤寂的啼鸣。

赏析

这首诗以情为主，景是客，说景即是说情，借物遣怀，将人喻物。

观猎

王维

原文

风劲角弓①鸣,
将军猎渭城②。
草枯鹰③眼疾,
雪尽马蹄轻。
忽过新丰市④,
还归细柳营⑤。
回看射雕处,
千里暮云平。

注　释

①风劲:风力强。角弓:饰有兽角的弓。②渭城:此处指咸阳。③鹰:猎鹰。④新丰市:今属陕西省临潼市境内。⑤细柳营:西汉名将周亚夫曾屯军细柳营,后成为军营的代称。

译　文

狂风中夹着角弓的飞鸣声,原来是将军打猎,出了渭城。枯黄的草丛使猎鹰的眼睛更为锐利,已化掉的雪令马蹄又快又轻。转眼间过了新丰市,片刻间又回到了军营。回头再看打猎处,千里空间在暮色中风定云平。

赏　析

这首诗描写将军射猎情景,风格轻爽劲健,末句又耐人回味。

贼平后送人北归

司空曙

原　文

世乱同南去,
时清独北还。

他乡生白发，
旧国见青山。
晓月过残垒，
繁星宿故关①。
寒禽与衰草，
处处伴愁颜。

注释

①垒、关：都是驻兵之处。

译文

为避安史之乱，我们一同南下；时局平定了，您却独自北归。久居他乡，您已是满头白发；回到故乡，见到的又是荒芜的青山。北归的路上，您独自一人，头顶明月经过残破的营垒，头戴繁星夜宿在故垒旧关。一路上，寒风中的禽鸟与衰败的野草将处处伴随着您，使您倍增愁颜。

赏析

诗人写出了惜别友人之情，并婉转地表达了故国残破的悲痛。

唐 诗

> **知 识**
>
> ## 司空曙
>
> 司空曙,字文初,是大历十才子之一。他的诗朴素真挚、情感细腻,多写自然景色和乡情旅思,长于五律,诗风闲雅疏淡。司空曙和卢纶都在"大历十才子"之列,诗歌功力相匹,又是表兄弟,关系十分亲密。司空曙"磊落有奇才",但因为"性耿介,不干权要",所以落得宦途坎坷,家境清寒。

塞下曲 (sài xià qǔ)

王涯 (wáng yá)

原 文

年少辞家从冠军①,
金妆宝剑去邀勋。
不知马骨伤寒水,
惟见龙城②起暮云。

注释

①冠军：古代将军的名号。②龙城：泛指边疆地区。

译文

年轻的时候就离别家乡，跟随将军出征，身佩着黄金装饰的宝剑去建立功勋。不顾天寒地冻，过雪山、涉冰河而伤了马骨，如今还在边疆冲锋陷阵，努力杀敌。

赏析

这首诗写将军雪夜准备率兵追敌的壮举，气势豪迈，情景交融，引人入胜。

dù hàn jiāng

渡汉江①

sòng zhī wèn

宋之问

原文

lǐng wài yīn shū　duàn
岭外音书②断，
jīng dōng fù lì　chūn
经冬复历③春。
jìn xiāng qíng gèng qiè
近乡情更怯④，

bù gǎn wèn lái rén
不 敢 问 来 人 。

注释

①汉江：又称汉水，长江最长的支流。源出陕西省西南部，流经陕西省南部，湖北省西北部和中部，在武汉市入长江。②岭外：南岭以南地区。这里指广东。音书：音信。③历：经过。④怯：害怕。

译文

我在岭南跟家人的联系中断了，经冬历春，捱过了漫长的时间。现在我走在回家的路上，越接近家乡，心情就越紧张，连跟迎面而来的过客打声招呼的勇气都没有。

赏析

诗人记述了还乡之情，突出了人物的心态。诗文曲折含蓄，真切细致。

huá zǐ gāng
华 子 冈

péi dí
裴 迪

原文

rì luò sōng fēng qǐ
日 落 松 风 起 ，

huán jiā cǎo lù xī
还 家 草 露 晞①。
yún guāng qīn lǚ jì
云 光 侵 履 迹②，
shān cuì fú rén yī
山 翠 拂 人 衣。

注释

①晞：干燥。②侵：浸染。

译文

日落西山，微风习习，回家途中，草上的露珠早已干了。踩着松软的草，夕阳的余晖渐渐浸染在身后那串长长的足迹上。山色青翠灵动，仿佛在轻轻牵扯着人的衣衫。

赏析

诗人把感情融入到景色之中，笔墨疏淡，蕴含丰富。

古人的鞋子

鞋子分左右脚，这是现在大家都知道的常识。但如果时光能回到100年前，鞋子分左右脚却还是颇为另类的现象。分左右的鞋子，古代称为"运脚鞋"，古人是不穿的，在几千年的时间里，古人穿鞋始终不分左右。古代制鞋的材料大多非常柔软，如草鞋、麻鞋，即使用动物皮也处理得很柔软。而且

唐　诗

> 古人穿的鞋子做得相对宽松，尺码比较大，不会有穿不上或是磨脚的现象。有意思的是，古代鞋子不讲尺码，只说鞋号，称"脚第几"。

望庐山瀑布

李白

原　文

日照香炉生紫烟，
遥看瀑布挂前川。
飞流直下三千尺，
疑是银河落九天①。

注　释

①九天：天的最高处，传说天有九重。

译　文

太阳照射在香炉峰上，云雾在阳光的照射下呈现出紫色，好似烟雾蒸腾。远远望去，巨大的瀑布像一匹白练一样挂在山川之前，急速的水流直落而下，让恍惚以为是银河从九天之上倾泻落下。

赏　析

这首诗为千古名绝，历来传诵，自然豪壮雄伟，风景如画。

送崔九[1]

裴迪

原　文

归山深浅去，
须尽丘壑美。
莫学武陵人，
暂游桃源里。

注　释

[1]崔九：即崔兴宗。当时裴迪与王维、崔兴宗同游。

译文

既然你归隐山林，就应该尽情地享受山林的风光和幽静。可不要学武陵的渔夫，仅仅出于一时的好奇，只是短暂游历于美丽的桃源。

赏析

这首诗立意独特新颖，用熟典创新境，隐含哲思，说理犹促膝谈家常，亲切感人，赤诚之情，跃然纸上。

逢入京使①

岑参

原文

故园东望路漫漫，
双袖龙钟②泪不干。
马上相逢无纸笔，
凭君传语报平安。

注释

①入京：进京。使：使者。②龙钟：本指体衰，这里形容流泪的样子。

译文

向东遥望家乡，路是那么漫长，伤心的泪水流淌不尽，把衣袖浸湿了。骑马赶路时正碰上进京的使者，因为没有纸笔，只好托使者把平安的口信捎给家乡的亲人，以减少他们对我的挂念。

赏析

这首诗写尽了那种与乡人匆匆相遇，对故乡亲人急不可言的惦念之情。路逢使者，行路匆匆，沉重的思乡之情，只能付于一声叮咛，情真意切，真挚感人。

jìng yè sī

静夜思①

lǐ bái

李 白

原文

chuáng qián míng yuè guāng

床 前 明 月 光 ，

yí shì dì shàng shuāng

疑 是 地 上 霜 。

jǔ tóu wàng míng yuè

举②头 望 明 月 ，

唐 诗

dī tóu sī gù xiāng
低头思故乡。

注 释

①思：思念。②举：抬。

译 文

宁静的夜晚，床前洒下了一片皎洁的月光，好像是大地铺上了一层白霜。抬头仰望高悬在天上的明月，低头思念起久别的故乡。

赏 析

这是一首流传很广的抒情诗，仅二十个字就描绘出诗人在异乡作客，月夜思乡的忍受，语言浅显易懂，把旅人望月思乡的情态表现得生动、细腻、惟妙惟肖，所以能引人共鸣。

知 识

李白姓名的由来

据说，李白七岁时，父亲要给儿子起个正式的名字。

父亲看着春日院落中葱翠树木，似锦繁花，开口吟诗道："春国送暖百花开，迎春绽金它先来。"母亲接着道："火烧叶林红霞落"。李白知道父母吟了诗句的前三句，故意留下最后一句，希望自己接续下去。他走到正在盛开的李树花前，稍稍想了一下，说："李花怒放一树白"。

"白"——不正说出了李树花的圣洁高雅吗？父亲灵机一动，决定把妙句的头尾"李""白"二字选作孩子的名字，便为七岁的儿子取名为"李白"。

碛①中作

岑参

原文

走②马西来欲到天，

辞家见月两回圆。

今夜未知何处宿，

平沙莽莽绝人烟③。

注释

①碛：沙漠。②走：跑。③绝：没有。人烟：指人家、住户。

译文

纵马疾驰奔向西方，快到天边了还未到目的地。离开家乡在赴任途中已走了两个月了，今天晚上还不知在哪里寄宿，明月照耀下的大漠无边无际，没有一户人家。

赏析

这首诗用简洁的笔触写了诗人在匆匆的行路途中那种孤独的

心情，时间不觉过了两个月，今夜明月与大漠相映，而家乡却不知在何处。全诗描写出景物的凄凉，反衬出诗人那种孤寂的情感。

赠汪伦

李白

原文

李白乘舟将欲行，
忽闻岸上踏歌声①。
桃花潭水深千尺，
不及汪伦送我情②。

注释

①踏歌：用脚打着拍子唱歌。②及：赶得上。

译文

我(李白)乘坐小船将要出发，忽然听到汪伦在岸上用脚步打着拍子送我出行的歌声。桃花潭中水深千尺，也赶不上汪伦送我的真情深啊！

赏析

诗人将行，众人踏歌，用歌舞节目欢送，足见诗人深得人心，也足见诗人同汪伦友情之深。

行军九日思长安故园

岑参

原文

强欲登高去①，
无人送酒来。
遥怜故园菊，
应傍战场开。

注释

①登高：在九月九日重阳节，古人有登高饮菊花酒的习俗。

唐　诗

译文

　　我勉强要登高饮酒，可是没有人送酒来。遥想故园的菊花，该是在战场旁绽开吧。

赏析

　　这首诗的首句用一个"强"字即写出了漂泊在外游子的思乡之情，而末句"怜"字，既感怀菊花孤独地盛开，也是对自己孤独的一种自伤。

送孟浩然之广陵①

李白

原文

故人西辞黄鹤楼，
烟花②三月下扬州。
孤帆远影碧空尽，
惟见长江天际流。

注 释

①之:到。广陵:扬州。②烟花:花柳迷人的景色。

译 文

老朋友向我频频挥手,在黄鹤楼告别。在杨柳如烟、春花似锦的三月,他要顺江东下前往扬州。远望那孤独的帆影逐渐消逝在碧色的天边,只有不尽的滚滚长江向东方奔流。

赏 析

黄鹤楼,武昌西黄鹤山,山之西北就有黄鹤楼。这首诗表现了诗人与友人的真挚感情。

知识

三月的称谓及含义

三月也称桃月、春晚、晚春、暮春、蚕月、上春、春日、绸月、季月、莺月、末春。

桃月:三月桃花粉面羞,又称桃月。到了三月,桃花怒放,绮丽芬芳,自然称"桃月"。

春晚、晚春、暮春:三月春晚,即晚春、暮春。

暮春:即夏历三月,或阴历三月。

蚕月:夏历三月。三月,是养蚕的月份,所以叫"蚕月"。

上春:指孟春正月。

春日:夏历三月。

唐 诗

武威送刘判官①赴碛西行军

岑参

原　文

火山②五月行人少，
看君马去疾如鸟。
都护行营太白西③，
角声一动胡天晓。

注　释

①武威：今甘肃省武威县。判官：官职员。②火山：又叫火焰山，在今新疆吐鲁番附近。③都护：官职名，唐代边境的最高统帅。太白西：指遥远的地方。太白：晚上出现在天空西方的金星。

译　文

五月中的火焰山人烟稀少，眼看你骑马如飞鸟般疾驰而去。都护的行营设在遥远的西方，当号角吹响之时，遥远的边塞天就快亮了。

赏析

　　这首诗用简洁的笔触勾画出古代边塞的荒凉,在五月的时间仍人烟稀少,诗人生动地描写出行军路上的所见所闻。

wàng tiān mén shān

望天门山①

lǐ bái
李　白

原　文

tiān mén zhōng duàn chǔ jiāng kāi
天 门 中 断 楚 江② 开,
bì shuǐ dōng liú zhì cǐ huí
碧 水 东 流 至 此 回。
liǎng àn qīng shān xiāng duì chū
两 岸 青 山 相 对 出,
gū fān yí piàn rì biān lái
孤 帆 一 片 日 边 来。

注　释

　　①天门山:今安徽省当涂县西南。②楚江:当涂一带战国时属于楚地,故流经这里的长江被称为"楚江"。

译文

　　天门山被长江从中断开,分为两座山,碧绿的江水向东奔流到这里又转头向北流去。两岸青山相互对峙,一只小船从日影中驶来。

赏析

　　这首诗为写景抒情的佳句,表达了诗人忠君爱国的思想。

戏问花门酒家翁

岑参

原文

老人七十仍沽①酒,

千壶百瓮花门②口。

道旁榆荚仍似钱③,

摘来沽酒君肯否?

注释

①沽：买卖，首句为卖，末句为买。②花门：古凉州馆舍名。③榆荚：榆树的果实，春天时生，色白成串，状似铜钱，俗称"榆钱"。

译文

已是七十岁的老翁仍在那里卖酒，大大小小的酒器摆放在花门口。道路两旁的榆钱还很茂盛，状似铜钱，我可不可以摘下它们来买你的酒呢？

赏析

这首诗的第一句写卖酒的老人买卖兴隆，用字"千""百"构思巧妙，最后两句形象地展示写出了买酒人的心理。这首诗语言朴实而生动，借助形象的比喻写出了买者与卖者的心理。

登金陵凤凰台①

李白

原文

凤凰台上凤凰游，
凤去台空江自流。

吴宫花草埋幽径，
晋代衣冠成古丘。
三山②半落青天外，
二水中分白鹭洲。
总为浮云能蔽日，
长安不见使人愁。

注释

①凤凰台：今江苏省南京市凤凰山。②三山：位于今江苏省江硼砂县西南，江滨有三峰并峙。

译文

凤凰台上曾有凤凰来游，凤凰离去后台上变得空旷，只有长江水在不停地流淌。吴国宫廷的名花已被幽静的小路取代，晋代的风流人物也已进入坟丘。远望青山，三峰并峙，近看江水，到白鹭洲处一分为二，各自分流。虽然浮云遮日不会长久，但不见长安却令人忧愁。

赏析

这首诗对仗工整，为律诗中佼佼者。在写法上有意仿效《黄鹤

楼》，尤是颈联的两句，自然奇巧，气势不凡，为唐诗中的杰作，"三""二"两字写出了自然的风景之趣。

知 识

凤凰台传说

相传南朝刘宋文帝元嘉十六年（公元439年），有三只状似孔雀的大鸟，即百鸟之王凤凰，飞落在永昌里李树上，招来大群各种鸟类随其比翼飞翔，呈现百鸟朝凤的盛世景象。为庆贺并纪念此美事，朝廷将百鸟翔集的永昌里改名凤凰里，并在保宁寺后的山上筑台，名凤凰台。

早发白帝城①

李白

原 文

朝辞白帝彩云间，
千里江陵②一日还。
两岸猿声啼不住，

qīng zhōu yǐ guò wàn chóng shān
轻舟已过万重山。

注释

①白帝城：东汉公孙述所筑。故址在今四川省奉节县的白帝山上。②江陵：今湖北省江陵县。

译文

早晨向耸入云间的白帝城告别，一天之内就可从千里之外返回江陵。长江两岸不断传来猿猴的啼叫声，轻快的小船已飞渡过连绵不断的群山。

赏析

这首诗当作于李白贬放夜郎，中途赦归后，反映了诗人至白帝城遇赦，心情有无限喜悦、轻快之感。这首诗历来脍炙人口，千年不绝。

huái shàng xǐ huì liáng zhōu gù rén
淮上喜会梁州故人

wéi yīng wù
韦应物

原文

jiāng hàn céng wéi kè
江汉①曾为客，

xiāng féng měi zuì huán
相　逢　每②醉　还。

fú yún yì bié hòu
浮　云③一　别　后，

liú shuǐ shí nián jiān
流　水　十　年　间。

huān xiào qíng rú jiù
欢　笑　情　如　旧，

xiāo shū bìn yǐ bān
萧　疏　鬓　已　斑④。

hé yīn bù guī qù
何　因　不　归　去⑤，

huái shàng yǒu qiū shān
淮　上　有　秋　山。

注释

①江汉：长江与汉水，泛指湖北。②每：总是。③浮云：漂泊不定如浮云。④萧疏：稀落。斑：花白。⑤何因：什么原因。

译文

以前在汉江做客期间，与故人相交甚欢，一别已是十年。虽然重逢时欢笑如旧，可两鬓已经花白稀疏。这引出人对岁月蹉跎的感伤，漂泊之感尽在不言中，而不归去的原因就是因为留恋淮上秋山的美景。

唐　诗

赏析

　　这首诗以朴实的语言感叹年华易逝、岁月无情的悲凉,而当岁月逝去后,"故人"之间的友情却未改变而显得愈加珍贵。

秋浦①歌

李白

原文

炉火照天地,
红星乱紫烟。
赧②郎明月夜,
歌曲动寒川。

注释

①秋浦:唐代盛产铜、银的地方。②赧:红色。

译文

　　冶炼炉的火光辉映天地,紫烟中火星四处飞溅。月光下的炉火映红

了工匠的脸庞,嘹亮的歌声回荡在寒夜的水面上。

赏 析

这首诗的首句以"照""乱"勾勒出炉匠热火朝天的劳动场面,末句以"寒川"和首句形成鲜明的对比,展示了我国古代劳动人民勤劳乐观的生活态度。

知 识

紫色的蕴意

中国传统中,紫色代表圣人、帝王之气,如北京故宫又称为"紫禁城",也有所谓"紫气东来",这源于我国古代对北极星的崇拜。紫色是一种高贵神秘的颜色,略带忧郁,是让人不忍忘记的颜色,代表权威、声望、深刻和精神。同时,紫色也代表着永恒,例如紫水晶,代表了永恒与纯洁的爱。

寄全椒①山中道士

韦应物

原 文

今朝郡斋②冷,

唐　诗

忽念山中客。
涧底束③荆薪，
归来煮白石④。
欲持一瓢酒，
远慰风雨夕。
落叶满空山，
何处寻行迹？

注　释

①全椒：今安徽省滁州市全椒县。②郡斋：诗人任刺史时官署中斋舍。③束：捆。④煮白石：道家在斋戒后一种食物烹饪法。

译　文

由郡斋冷而想到山中艰苦修炼的道士，想送一瓢酒去，在这凄风冷雨的夜里给他带去一丝温暖。又想到友人逢山住山、逢水住水，何况秋天满山落叶，更无从寻找他的踪迹了。

赏析

这首诗由"念"而发,首尾点染,情趣洒脱,无一字不佳,末句绝妙自然,可谓绝唱。

塞下曲①(其一)

卢纶

原文

月黑雁飞高,

单于夜遁②逃。

欲将轻骑逐③,

大雪满弓刀。

注释

①塞下曲:古代一种歌曲名,大多描写边塞战事。②单于:匈奴首领,这里指敌军的最高统帅。遁:逃走。③将:率领。逐:追逐。

唐 诗

译 文

乌云遮月,夜色漆黑,大雁因为受到惊吓而起身高飞。敌军趁黑夜逃跑,将军率领轻骑去追击敌军,大雪纷纷落在了将士们的弓和刀上。

赏 析

这首诗写将军雪夜破敌的情景,表述之笔交替绘写,以瞬间之象来寓无尽之意,既见月黑雁匿,又见刹那间落满弓刀的雪花。追击穷寇结果如何,淡出画外,更觉底蕴丰厚。

塞下曲(其二)

卢纶

原 文

林暗草惊风,
将军夜引弓。
平明寻白羽①,
没在石棱中。

注释

①白羽：即指箭，箭尾有羽，借以射远。

译文

将军夜中出巡，树林中，大风刮得草叶乱摇。他以为是虎，便开弓射箭。天亮后寻找箭，连箭尾都射进了石头中。

赏析

这首诗借李广射虎的故事，讴歌戍边将领的威武英勇，以"暗"表示林木森森，以"夜引弓"渲染似有虎的动静，环扣层递，不稍留隙，生动地展现出边将通宵巡防的警觉和武勇。